当代中国文学书库

难忘的少年时代

李立宪 ◎ 著

中国文联出版社

图书在版编目（CIP）数据

难忘的少年时代 / 李立宪著. -- 北京：中国文联
出版社，2023.3
ISBN 978-7-5190-5148-8

Ⅰ.①难… Ⅱ.①李… Ⅲ.①小说集-中国-当代
Ⅳ.①I247

中国国家版本馆 CIP 数据核字（2023）第 054434 号

著　　者　李立宪
责任编辑　周　欣
责任校对　乔宇佳
装帧设计　中联华文

出版发行　中国文联出版社有限公司
地　　址　北京市朝阳区农展馆南里 10 号　　　　邮编　100125
电　　话　010－85923025（发行部）　　　010－85923091（总编室）
经　　销　全国新华书店等
印　　刷　三河市华东印刷有限公司

开　　本　710 毫米×1000 毫米　　　1/16
印　　张　14
字　　数　177 千字
版　　次　2024 年 1 月第 1 版第 1 次印刷
定　　价　78.00 元

前　言

一

《难忘的少年时代》书稿的产生来自 50 多年前的一段往事。

1970 年，我在青岛小鱼山当兵。半年后，我随部队到山东青州大马山参加国防施工。1971年，我离开青州的工地，又回到了青岛，担任部队的留守任务。

清晨，我怀着兴奋的心情，独自一人向小鱼山走去。满山的小松树和没膝深的青草上都挂满了露水，好似颗颗闪亮的珍珠，打湿了我身上蓝灰色的军装。

于青岛小鱼山拍摄

我站在小鱼山顶上深深地吸了一口新鲜空气。清新的空气驱走了自己的忧闷心情。远远望去，朦胧的远处，一艘艘军舰乘风破浪，一队队的航船，迎着海风徐徐起航……

忽然，我发现前面不远的地方，有几个佩戴红领巾的小学生在树林中忽隐忽现。望着他们稚嫩的身影，我不知不觉地陷入了沉思……

"咯咯咯……"

突然，我被孩子们一阵爽朗的笑声惊醒了，一眨眼的工夫，他们就跑到我的身旁，围着我不停地问着："海军叔叔，您在干什么呢？"

"哦，没干什么，我只是随便走走。"这还是第一次听小学生叫我叔叔呢。我的表情很不自然，甚至连脸也有些发红了。

走在最前面的是一个不高的男孩，一双澄澈的大眼睛闪着亮光，他穿着一件雪白的汗衫和一条深蓝色的裤子。

我问那个小男孩："你叫什么名字啊？"

"我叫张红军。"他笑着大声回答。

"你呢？"我又问旁边另一个女同学。

"我叫郭燕。"那位小女孩轻声地告诉我。

我发现他们都背着书包，这激起了我浓厚的好奇心。于是，我向他们提出了一个小小的请求："张红军、郭燕，把你们的课本拿给我看看好吗？"

"好的，给您！"他们高兴地答应了。

我怀着浓厚的好奇心，轻轻地打开了张红军的语文书，远去又熟悉的感觉立刻涌上我的心头。

接着，我又打开了郭燕的写字本，里面的字写得很大，方方正正，一笔一画，可以看得出郭燕的学习成绩很好。

小同学们很快就和我熟悉了。

张红军说道："时间不早了，我们该上学去啦。"

"好！你们快上学去吧！以后有时间到这里来玩呀！"

"好，有时间我们一定来玩！"

"海军叔叔，再见！"小同学们拉着长音儿，带着清脆的欢笑声，跑着上学去了。

从那以后，这些小同学经常到小鱼山上来玩。他们每天排队放学回家都会经过小鱼山。当我遇见他们的时候，他们就向我挥手欢呼："大胡子叔叔，大胡子叔叔！"

看着小同学们一张张天真无邪的笑脸，听着他们真挚感人的问候，我心里甜滋滋的。这些小同学的到来帮助我走出了人生的低谷，一扫心中的阴霾，激发了我思想的灵感，打开了自己少年时代记忆的闸门。

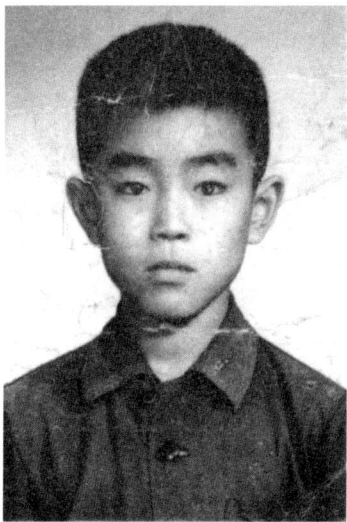

拍摄于小学时期

我的少年生活是十分难忘的。我的老师们、我的同学们，不停地在我脑海里闪现，一幕幕熟悉的场景栩栩如生地浮现在我的眼前……于是，我就把这些回忆记录下来，写下了《难忘的少年时代》的手稿（约 20 多万字）。

2022 年，我对原来的手稿进行了整理，形成了现在的书稿。

这些故事源于生活，语言朴实无华，积极正面地表现了当时的社会风貌，表现了"老师认真负责、学生'德智体美劳'全面发展、学雷锋相互帮助、热爱劳动"的校园生活。

我觉得把这些故事讲出来，才对得起精心培育我的老师们，对得起与我共度少年时光的同学们，对得起我所经历的伟大时代。

二

为什么要将《难忘的少年时代》拿出来呢？这是因为其中的主题思想与当前中国社会的需要是契合的。

1840 年以后，世界列强侵略中国，中国人民落入百年无穷无尽的苦难深渊。在共产党的领导下，中国人民历经艰难曲折、前赴后继和流血牺牲，终于推翻了"三座大山"，摆脱了苦难的命运，1949 年成立了中华人民共和国。

在旧社会留下的废墟上，中国人民迸发出"热爱祖国、团结奋进、尊重劳动、为人民服务"的极大热情和坚定意志，独立自主地建设社会主义新中国。《难忘的少年时代》就是在这个时代大背景下发生的故事。

70 多年过去了，中国人民克服无数的困难，历经曲折的道路，在很多领域获得重大的发展和成就。

2022 年是极其不寻常的一年，中国社会更加需要以"热爱祖国、团结奋进、尊重劳动、为人民服务"的极大热情和坚定意志，战胜各种艰难险阻，坚定走中国特色社会主义道路，完成祖国统一大业，实现中华民族伟大复兴。

所以，《难忘的少年时代》蕴含的主题思想与当前中国社会的需要是契合的，也是这些故事的价值和意义的所在。

希望能够借此为社会做一些有意义的贡献，欢迎读者给予指导。

李立宪

2022 年 8 月 22 日

北京

目 录
CONTENTS

一、晓明幼儿园"毕业"，在家准备上小学

袁晓明是一个小男孩，1954 年出生，家住在北京安定门内大街的胡同里。

晓明的家是一个四合院，有前院、中院和后院。晓明的家住在中院，院子的地上铺着青色的大方砖，中部有两棵高大的槐树，家门前有一个玫瑰香葡萄架和一株桃树。

晓明的爸爸是解放军，在西郊部队上班。晓明的妈妈在交道口附近的单位上班，奶奶在家照看晓明和弟弟。

晓明 1 岁半上幼儿园了，从小是在幼儿园长大的。晓明的幼儿园还是很好的，吃得饱、穿得暖。阿姨们对小朋友的照顾很周到，非常负责任，还经常与小朋友做游戏。家长们都说，阿姨对待这些小孩子比自己亲生的还周到呢。

在幼儿园里，晓明从小班上到中班，最后，终于从大班"毕业"了。大班"毕业"那天，阿姨们还为晓明和几个孩子开了欢送会。

在欢送会上，阿姨说："从今天开始，你们就不再是小朋友，而将是小学生了。到了学校，要好好学习，天天向上，做一个德智体全面发展的好学生！"

当时，晓明还不明白什么是德智体全面发展，只管高兴地喊着："好！好！我们一定要做好学生！"

1961 年，晓明 7 岁了，从幼儿园"毕业"后，在家里等待上小学。晓明没有事做，就与院子里的大孩子们一起玩。玩什么呢？晓明不喜欢玩弹球和打扑克。

晓明喜欢看热带鱼。于是，同院里的大孩子送给晓明一缸热带鱼玩。

晓明养的热带鱼是最普通的"孔雀"。这种热带鱼是最容易养活的，有吃的东西就行，花花绿绿，成群结队，也挺好看的呢。

为了养热带鱼，晓明跟着同院的大孩子们去捞鱼虫。当然，他是年龄最小的一个，只是跟在那些大孩子的后面跑一跑。

捞鱼虫要到安定门外大街去。安定门大街外面的马路两边有水沟，水沟里面有很多的鱼虫。捞鱼虫要用一种小小的网兜，挺好玩的。只要蹲在水沟边上，一下一下，一会儿能捞满一瓶子的鱼虫了。这事简单，晓明很快就学会了，跟着一下一下地捞起来，也能捞一瓶鱼虫带回家。

晓明觉得，每次捞鱼虫回来，喂热带鱼的时刻是最快乐的。

看着鱼缸里的一群热带鱼追逐鱼虫的时候，晓明的心里特别高兴，很满足自己的劳动成果。

热带鱼吃了鱼虫长得可快了。没有多少天，有一条大肚子的母热带鱼下小热带鱼了！

晓明趴在鱼缸边聚精会神地看着，看见一条小鱼从鱼妈妈的肚子里跳出来了！很快，鱼缸里有好多小热带鱼了，有十几条呢。

除了养热带鱼，晓明还跟着大孩子们一起逛安定门的城楼、古城墙和地坛公园。

晓明的家离安定门很近，十多分钟就走到了。在安定门城楼的墙根底下，有一个很宽的坡道，人可以从这里一个台阶一个台阶地走到城楼上去。

晓明是跟着大孩子们一起顺着坡道走上安定门城楼的。安定门的城楼和古城墙是北京的老景观，后来被拆了，现在已经见不到了。

每当站在安定门城楼和古城墙上的时候，晓明都十分兴奋，感到空气清新，呼吸顺畅，就连眼界也变开阔了。向城里看，看到的是一片一片的青瓦房子和茂密的树木。向城外看，远远地能够看到西山。西山在蓝天白云的映照下，有一种自然美感。

晓明不知道该用什么语言来形容这种新奇的感受，反正就是喜欢站在高高的城楼和古城墙上看北京。

地坛是离晓明家最近的公园，步行两站地就可以到。地坛公园可大了，里面有很多高大的树木和绿色的草地，还有很多古建筑。

有一次，晓明跟着大孩子们一起到地坛公园去玩。

晓明是孩子群里面最小的一个，其他孩子都比晓明的年龄大。也不知道走了多远，晓明终于走不动了，要坐下来休息。这下坏了，来的时候容易，回去的时候就难了。

在回家的路上，晓明感到又渴又饿又累，走不动了，只得坐下休息。

这要等到什么时候呀？为了赶紧回家，大孩子们轮流背着晓明。就这样，大家走一会儿，休息一会儿，中间休息了好几次，才勉强在午饭前赶回家。

这一次，奶奶急得火烧火燎，多少次到大门口去接晓明。见到晓明回来了，奶奶不停地数落晓明："你看你，去了这么半天也不回家，多危险哪，以后再也不许到处乱跑了！"

有一天晚上，妈妈一回家就把晓明叫到身边说："晓明，你看看，这个小书包怎么样？军绿色的，里面还有书和铅笔盒呢。"

晓明赶紧从妈妈的手里接过小书包，打开书包一看，里面有几本书，几个写字本，还有一个绿色的铅笔盒。铅笔盒里面有几只铅笔，一块橡皮，还有一把削铅笔的折叠刀和小尺子。

看着妈妈为自己准备的学习用具，晓明的心里既高兴，又紧张。高兴的是自己马上要上小学了，紧张的是不知道等着自己的是个什么样的学校。

于是，晓明赶紧问妈妈："妈妈，我要去哪里上学呀？那个学校是什么样呀？"

妈妈摸着晓明的头说："我和你爸爸都要上班，平时家里只有奶奶。奶奶年龄大了，所以我和你爸爸商量，还是到爸爸部队附近的小学好一点，那里的条件好一些。在学校的时候，有老师照顾，学校也有食堂可以吃饭。晚上放学以后，你住在爸爸的宿舍里，由爸爸来照顾你，你看怎么样？"

晓明什么也不懂，自然点头同意了。快上学的前几天，不知道为什么，晓明的心里怦怦地乱跳，晚上睡觉也不踏实。

1961 年 9 月 1 日来到了，妈妈带着 7 岁的晓明背上小书包，高高兴兴地上学去了。

二、在上学的路上，晓明得到售票员的帮助，听说了周总理的故事

刚开始的时候，晓明是由妈妈亲自带着上学去的。

上学的路上

妈妈和晓明要乘十多站的公共汽车。从安定门乘 4 路无轨电车，中间在王府井车站下车，再倒大 1 路，最后在西郊的车站下车，然后再走到那所小学。

当时，西郊车站是一个比较荒凉的地方，远远望去，有一个环岛，环岛上还有几棵孤零零的大树。这所小学的条件是比较好的，只是离晓明的家太远了。

到了星期六的下午，妈妈还要到学校来再把晓明接回安定门的家里。在上学的路上，妈妈每次都要耐心地指点上车下车的车站和路线，让晓明一定记住了。每星期一趟，妈妈和晓明都要跨越大半个北京城呢。

有一天，妈妈问晓明："晓明，经过这几次锻炼，你自己能上学回家了吗？"

晓明倒是很勇敢，拍着胸脯说："我自己能上学回家，没有问题，妈妈放心吧！"

开始，妈妈总是不放心，后来由于工作太忙，就让晓明自己上学了。

晓明自己第一次上学的时候，手里拿着妈妈给的一张字条，走到安定门车站的4路无轨电车站。

4路电车来了，一位售票员阿姨打开门，走到车站下面来帮助乘客上车。

晓明是个小孩子，个头比较矮，无轨电车的台阶有些高，一下子迈不上去。这时，阿姨看见了，就会在晓明的身后帮一把，帮助晓明上车。

晓明把小字条和一毛钱递给售票员阿姨说："阿姨，我要到这里去上学。"

过去，这位阿姨是见过妈妈和晓明的，笑着问道："小朋友，今天怎么一个人来了？妈妈呢？"

晓明回答："妈妈上班去了，以后就是我自己去上学了。"

阿姨看了一下字条说："你这么小，就一个人去上学啦，不过没关系，我会告诉你在什么地方下车的。你要在王府井路口南下车，然后再往回走，过马路到长安街路北的大1路车站，再坐车到西郊的车站就行了。到时候，我叫你下车，先找到个座位坐下吧。"说完，售票员阿姨还找了3分钱给晓明。

晓明个子小，坐在位子上，车窗的外面什么也看不到，也不知道都经过了什么地方。

一路上，晓明就看售票员在干什么。每次到站，阿姨都要走下车帮助乘客上车，遇见老年人和小朋友，阿姨会热情主动地搀扶他们上车。

也不知道过了多少站，阿姨告诉晓明："小朋友，你到站了，该下车了！"然后，阿姨还专门下车，扶着晓明下了车。

晓明下车以后，要往回走，过长安街的大马路。长安街的大马路可宽了，中间还有一个安全岛。过长安街的时候，晓明要在安全岛等一会儿，要等到那些大汽车都过去了，才能过长安街的大马路，走到马路对面的大1路车站。

在大1路的车站，售票员阿姨还是会下车照顾乘客，帮晓明上车。上车后，晓明还是把小字条和1毛钱递给阿姨。

阿姨看了以后说："你是在西郊的车站下车，到时候我叫你，坐下吧。"但是，这次没有给晓明找零钱。这是因为大1路不管多少站都是1毛钱。

不知道走了多少站，阿姨告诉晓明："小朋友，你到站了！"然后，阿姨还会帮晓明下车。

就这样，有了售票员阿姨的照顾和提醒，晓明一次也没有坐过站，什么事也没发生，一路上都挺安全的。

下车以后，晓明自己就认识到学校的路了。这条路妈妈已经陪着晓明走过好几次了。

在每次上学的路上，晓明都要在长安街的安全岛停一会儿，等车辆过去，才能过马路。

在安全岛，晓明经常会碰上警察叔叔，他们也经常帮助老人和小孩过长安街的大马路。于是，晓明很快与警察叔叔熟悉起来了。

有一次，一位警察叔叔扶着一位老大爷过长安街的大马路，与晓明一起在安全岛等车。晓明对警察叔叔说："幸亏这里有安全岛，要不然老爷爷就过不去了。"

警察叔叔回答说："是呀，因为这里的马路太宽了，老人和小孩走得慢，一次过不去，停在马路中间有危险，不安全。所以，周总理才提议建立安全岛的。"

晓明第一次听说周总理，新奇地问道："警察叔叔，周总理是谁呀？"

警察叔叔告诉晓明，周总理是国家领导人。1954 年冬天的一个傍晚，周总理来到北京图书馆的汽车站。等大家都上了车，周总理才最后上车。大家见周总理上车了，赶紧给周总理让座。可是，周总理不坐，说自己是来体验北京交通情况的。在寒冷的夜晚，周总理乘车走了大半个北京城，调查了解北京的交通情况，提出了许多建议。其中的一条就是要在繁华宽阔的马路中间设立安全岛，目的是为了保证老人和小孩过马路的安全。

"原来是这样呀！安全岛也是国家大事吗？"晓明感觉不太理解。

警察叔叔微笑着说："安全岛当然是大事了，关系到老百姓的交通安全。老百姓的事都是大事，周总理都放在心上。现在，你不就享受到安全岛的好处了吗？你这么一个小人，过这么宽的大马路也不用着急乱跑，在安全岛等车过去，再过马路就安全了。"

晓明似懂非懂地点点头，就把周总理和安全岛的故事记在心里了。

每个星期天的下午，晓明都背着小书包一个人准备上学去。每一次，80 多岁的奶奶都要送晓明到大门口，还要反复地嘱咐："一路小心，别走丢了！"一直要把晓明送到看不见了，奶奶才回去。

每个星期六下午，晓明在学校吃完中午饭都要回家。怎么来上学的，就怎么回家，这对晓明已经习惯了。

每次到家的时候，大约是下午四五点钟，80多岁的奶奶都会在大门口等着晓明，总说："不放心，不放心，这么小的孩子，一个人上学太远了！冻着怎么办？下雨怎么办？饿了怎么办？叫车撞了怎么办？"

不过，那个时代很安全，根本没有什么丢孩子的事情。

学校的生活

晓明一走进学校，经常听到两首歌。

第一首歌是《上学歌》，歌词是：

> 太阳当空照，
>
> 花儿对我笑，
>
> 小鸟说早早早，
>
> 你为什么背上小书包？
>
> 我去上学校，
>
> 天天不迟到，
>
> 爱学习爱劳动，
>
> 长大要为人民立功劳。

还有一首歌是《劳动最光荣》，歌词是：

> 太阳光金亮亮，
>
> 雄鸡唱三唱，

花儿醒来了，

鸟儿忙梳妆，

小喜鹊造新房，

小蜜蜂采蜜糖，

幸福的生活从哪里来？

要靠劳动来创造。

青青的叶儿红红的花，

小蝴蝶贪玩耍，

不爱劳动不学习，

我们大家不学它，

要学喜鹊造新房，

要学蜜蜂采蜜糖，

劳动的快乐说不尽，

劳动的创造最光荣。

晓明觉得这两首歌非常好听，就是自己不会唱，只会小声跟着哼哼几声。

在学校里，晓明跟着爸爸一起住在部队的宿舍。一早起来，晓明就急急忙忙地刷牙洗脸，然后自己跑到学校食堂去吃饭。一天三顿，晓明都是自己去食堂吃饭的。

那几年，中国正处于严重自然灾害时期，晓明学校食堂的饭菜是定量供应的。一个桌子有七八个同学，中间有几盘菜，主食有馒头、米饭、玉米面窝头，还有粥或者汤什么的。

爸爸的工作很忙，经常很晚才回宿舍。爸爸回到宿舍时，晓明都睡觉了。晓明与爸爸也见不到面，爸爸也没法照顾晓明。

晓明的学习成绩还可以吧。语文一般，算术较好。有一次，学校举办一年级算术竞赛，晓明得了第二名，学校还给晓明发了一个小奖状呢。

不过，晓明是一个比较"闹"的学生，大概也算个"淘气包"吧。

晓明最爱玩"打仗"的游戏了。一下课，他和很多男同学在学校里到处跑，你追我、我追你，跑一天也不累得慌。晓明跑得特别快，还被同学们称作飞毛腿呢。

有的时候，"打仗"的游戏变成真"打架"了。因为"打架"的事，晓明被老师批评了好几次。

有一次，晓明又"打架"了，被老师叫到办公室去了。老师严肃地批评了晓明，说要是再淘气打架，就要请家长了。老实说，当时，晓明并没有听懂老师说的都是什么意思。

晓明刚一走出老师的办公室，一群同学围过来问晓明："晓明，老师都跟你说什么了？"

晓明说："老师说，你要是再打架，就要给我一个'锅'。"

听了晓明的话，同学们都哈哈大笑起来："傻晓明，什么给你一个锅呀！你以为老师要奖励你呀？那叫记过，是要处分你的意思！"

不过，晓明并不明白"记过"是什么意思，总之是不太好吧。从那以后，晓明就特别注意，不再因为玩游戏与同学们打架了。

就这样，晓明在部队附近小学上了一年学，自己觉得很习惯了。虽然上学的路比较远，但是，什么事也没有，公共汽车上的阿姨都帮助晓明，一到站叫晓明下车就行了。一年四季，刮风下雨，晓明都是这样上学、回家的。

但是，奶奶和妈妈却越来越不放心了，她们反反复复地商量了一年，最后，还是决定把晓明转到离家最近的一所新小学。

三、晓明转到新小学，第一次测验就考砸了，陈老师耐心"补课"

1962 年的 9 月 1 日，晓明要去新小学了。新学校是什么样呢？晓明的心里忐忑不安，没着没落的。

早晨起来，晓明赶紧穿好衣服，吃完饭，背上书包，跟着妈妈到新小学去了。奶奶还追出大门，反复嘱咐晓明下学赶紧回家，不要走丢了。

新小学距离晓明的家很近，十分钟就到了。老远一看，晓明的心里有些发凉。

这所新学校的大门很小，好像是一个四合院的大门，比原来学校的大门小多了，也旧多了。

一进校门，妈妈领着晓明来到教师办公室。迎面走来的是一位男老师，大约 20 来岁，个子很高，一身灰色衣服，十分热情地自我介绍姓何。

妈妈与何老师握了握手，说："何老师，这孩子就交给您了，您多费心，一定要严格要求，有什么事咱们多联系吧。"

何老师说："您放心吧，我们一定好好照顾晓明。"

妈妈要赶着钟点上班，把晓明交给何老师后就走了。

何老师很和蔼，亲切地问晓明："你叫什么名字呀？"

晓明答道："我叫袁晓明。"

何老师说："你在二年级二班，我是你的班主任老师，你以后就叫我何老师吧。"

何老师笑眯眯地带着晓明在学校里熟悉环境，一边走一边告诉晓明，在哪儿喝水，在哪儿上厕所，在哪儿玩耍。

然后，何老师带着晓明走向一间教室。教室门口站着一个小女孩，笑嘻嘻地问道："何老师，这是新来的同学吗？"

何老师对晓明说："这是咱们班的小班长，她叫刘素华，以后有什么事多问问她。"

何老师又对小女孩说："这是新来的同学，叫袁晓明，以后有什么事都叫着他。"

刘素华向晓明招招手，说："你好，晓明同学。"晓明也点点头，回了一句："你好。"

何老师带着晓明走进教室，站在讲台上对全班同学说："今天，咱们班来了一位新同学，叫袁晓明，大家欢迎！"

马上，教室里响起了同学们的热烈掌声。

晓明抬头向下一望，几十张微笑的脸望着自己，又亲切，又陌生。晓明赶紧给同学们鞠了一个躬。

然后，何老师带着晓明走到最后一排，小声地说："你先在这坐着，以后再调座位，今天是算术课，有事到办公室来找我。"说完，何老师还向晓明招招手，笑一笑，就走出教室。

晓明坐在最后一排，向教室前面的讲台望去。

好家伙！在讲台上，除了"好好学习，天天向上"八个大字没有变化以外，其他的都与原来的教室大不一样了！一句话，什么都是旧的。

第一节是算术课。一位男老师走进了课堂，同学们都站起来，一齐说："陈老师好。"

男老师回答："同学们好，请坐下！"

陈老师是一位男老师，身体魁梧，像个运动员似的，大约30多岁，说话有点口音，不仔细听还听不清似的。

由于陈老师有点口音，晓明听着不太习惯，有的地方听懂了，有的地方没听懂。同时，前面座位的两个同学还回头做鬼脸，小声问："你是什么小学的？家住在哪里？"

晓明是一个中等个，坐在最后一排，视线被前面高个的同学挡住了。他们在晓明的眼前老是晃动，连老师在黑板上写的字也看不清楚。

虽然晓明坐在教室里，可是他的思想却在新老两个学校之间飞翔起来了，一会儿飞到老学校，一会儿飞回新学校。

对于晓明来说，这个教室的一切都是十分陌生的。这是一间旧教室，黑板是旧的，桌椅板凳都是旧的，周围的同学都是非常生疏的。

晓明先是对比教室的天花板。这个教室的天花板不是平面的，有好几个大木梁，而且大木梁还是弯的。以前，老学校教室的天花板都是平的，没有大木梁，觉得很奇怪。

然后，晓明又比较新老教室的窗户、墙、灯和地板，最后比较同学们穿的衣服。老学校同学穿的衣服都是比较新的，干干净净；而新学校同学穿的衣服有些是旧的，衣服上的补丁也比较多。

总之，新老学校全都不一样了，差别很大，很陌生。碰巧，有一只小壁虎趴在房梁上，也来凑热闹，不断地吸引着晓明的目光。

正当晓明胡思乱想的时候，忽然，陈老师走到他的跟前，把晓明吓了一大跳。

陈老师弯下身子问道："你是新来的同学吧，叫什么名字啊？"

晓明低头回答："我叫袁晓明。"

陈老师长得高高大大，说话还挺和蔼的，他递给晓明一张卷子说："晓明同学，请你把这张卷子做一下，做完交给我就行了。"

顿时，晓明心里不由得乱跳起来，心说坏了，今天这课听得稀里糊涂的，肯定不会做了。可是，晓明接过卷子一看，大概有十几道题，还真不错，没有什么难题，而且自己都会做。

立刻，晓明的心里踏实了。他拿起笔来，刷刷刷，很快把这些题都做完了。鬼使神差地，晓明也没检查一遍，就交卷了。

第二天，上算术课的时候，昨天的卷子发下来了，晓明拿过来一看就傻了，卷子上面非常醒目地写了一个大大的3分！

算术卷子有5分，5加，4分，4加，3分，2分，2分是不及格。晓明的卷子得了一个3分，差一点就不及格了！

好家伙，这么大的一个3分！晓明拿过卷子一看，大概10道题里面有4道题是做错了。而且，在每个错的地方，陈老师都写了一个红色的问号。看来，陈老师没有给2分就很给面子了。这是晓明从没有过的最差的算术测验成绩。

当时，晓明的心里头咕咚了一下，脸上发起烧来——他从来没有遇见过这样的情况，糟了，这次丢脸了！

在部队附近小学时候，晓明的算术成绩是不错的，全年级算术竞赛还得过第二名呢！

这次的测试是怎么回事？明明全都会做，怎么写成这样呢？晓明觉得很纳闷，心说，今天的算术课可一定要认真听讲。

算术课结束以后，陈老师走到晓明的座位旁边，小声地说："晓明同学，请你跟我到办公室来一下。"

虽然陈老师的语气非常和蔼，声音很小，晓明还是有些紧张，心说："让我到办公室来一下，干什么呢？是要批评我吗？"

晓明第一次遇到这种情况，跟着陈老师到办公室去了。

这是一间大办公室，低年级的十几位老师都在一起办公。晓明看见，班主任何老师也坐在里面。办公室很安静，老师们都在批改作业。

陈老师为晓明搬了一个凳子，倒了一杯水，然后拿出那个得了 3 分的算术卷子，开始非常耐心地向晓明提问题了。

这时，晓明立刻就明白了——陈老师要给自己补课了。看来，陈老师是认为，这个新来的学生测试成绩这么差，一定有很多知识点不懂，需要赶紧补课，要不然就跟不上了。

陈老师提出一个问题，晓明回答一个问题。陈老师提出的所有问题，晓明都一一做了正确的回答，而且反应得很迅速。

陈老师感到很吃惊，奇怪地看着晓明，很纳闷，不由得问道："你不是都知道吗？为什么都答错了呢？"

晓明低头小声回答："我也不知道这是怎么回事。"晓明支支吾吾的不敢言语，也说不清楚这是怎么回事。

陈老师看着晓明，左看看、右想想，问道："既然你不是不知道，为什么都答错了呢？告诉老师，昨天上课的时候干什么去了？没事，说说，老师会帮助你的。"

晓明与陈老师的对话也引起了其他老师的兴趣和疑问，连何老师也停下手里的工作，用疑惑的眼神望着晓明。

晓明明白，看来陈老师是要刨根问底了，不说明原因是不行了。于是，他就把昨天上算术课时，自己的思想在两个学校之间飞翔的过程一五一十地讲了一遍，连那个小壁虎乱爬的事都说了。

晓明这一讲，不仅把陈老师逗笑了，也把办公室的老师们都逗笑了。何老师还笑着对晓明摇摇头。老师们都说，这孩子，真逗，从来没有见过这样的事！

晓明十分认真地向陈老师保证说："我以后再也不会了，这是最后一次。"

陈老师立刻安慰晓明道："老师相信你，刚来不熟悉，以后习惯就好了。有事找老师，上课要认真听讲，不要再走神了，一心不能二用，不然的话会做的也做不对了。"

这是晓明第一次，也是这辈子唯一的一次让老师叫走补课。

晓明没有让陈老师失望。几个月后，他的算术成绩在班级就名列前茅了。每次算术测验和考试，他至少也是前三名吧。转过年来，晓明还被同学们选举成了算术课代表。

算术课代表的工作主要是收作业，给老师和同学之间做沟通桥梁，获得小小的荣誉感，得到了老师和同学的肯定。

晓明刚到新小学，就遇到了这个有趣的经历，起起伏伏，出人意料，与陈老师产生了小小的误会。而陈老师表现了高度责任心，一旦发现跟不上的学生，就及时耐心地帮助，努力做到不让一个同学掉队。

后来，陈老师还挺喜欢晓明的，有时还为了当年的"补课故事"笑晓明呢，总说："你呀，你呀，可真行！"

四、晓明不适应新环境，陷入孤独状态，何老师帮助晓明走出"孤独症"

转到新小学以后，晓明发现这是一所规模不大的老学校，一个年级只有两个班。

这所学校好像是由四合院改建的，教室都是砖木结构的建筑，青砖青瓦，有前院、中院、后院和小后院，也许是年代久远，显得比较旧。

学校的活动场地不太大，同学们只能在操场上做广播操，跑不起来，不能玩"打仗"的游戏了。

学校的体育设施（单杠、双杠、沙坑、乒乓球台等）比较少，玩的时候还要排队。

学校也没有学生食堂，中午放学以后，同学们都要回家吃饭，下午再回校上课。

对于这些新变化，晓明还是能接受的，关键是没有了熟悉的小朋友，在生疏氛围里，走到哪儿都是陌生的眼光。这让晓明的心理落差很大，一时半会儿适应不了，整天无精打采的，好像一匹奔驰的小马被关了起来，又憋闷又烦躁。

晓明的性格比较偏，自尊心很强，看着这个环境哪里都别扭，跟同学们融合不到一起去，从思想上就排斥，心理上很不适应，不愿意跟他们接触。所以，除了上学、上课，晓明就赶紧回家，整个处于一个凡人不理的状态。

你不理人家，谁还理你呢？何况你还是个外来户。这样，晓明陷入了一种自我封闭的孤独状态。用现在的话说，大概是走在通往"孤独症"的路上，而且越来越严重了。

可是，晓明自己却没有不舒服的感觉，反而觉得越孤独越舒服。既然越来越舒服，也就更加孤独，不知不觉，晓明进入到"自我孤独"的恶性循环状态了。

在下课的休息时间，晓明也不跟同学们玩，独自在学校里溜达。教室的窗户外面有个大窗台，晓明就爬到窗台上躺着晒太阳，谁也不理。

很快，晓明的"自我孤独"的状态被班主任何老师关注到了。

下课以后，何老师非常主动地找晓明聊天，问道："晓明，你家里是干什么的呀？"

晓明回答说："我爸爸是解放军，我妈妈在机关的农场工作。"

何老师还问了晓明不少问题。比如，家住在哪里，你都喜欢什么，总之是想方设法地跟晓明聊天。

何老师告诉晓明："你要主动地和同学接触，多跟大家一起玩，你这样谁也不理是不好的，时间长了，是会出问题的。"

但是，晓明并不理解这样有什么不好，将来会出什么问题，还是一副我行我素的样子，并不去主动地找同学们玩。

后来，何老师安排了几位同学主动找晓明做游戏，尽量不把晓明一个人甩在一边。

晓明还是听何老师话的。既然何老师说了，同学也来了，晓明也就跟着同学们一起玩呗。

细节决定成败。看来，何老师是真的用心了。他并不是随便找几个同学跟晓明玩的，而是经过细心挑选以后，找了几位同学来找晓明玩的。有赵国平、徐利杰、刘素华等。

刘素华是女同学，家里是大机关的，是小班长，班里有什么活动，她都主动找晓明，告诉他活动的内容，拉着他参加，布置点事情，不让他落单。

不过，晓明对刘素华总是有点距离感。这是因为女孩子与男孩子玩的不一样，都是跳绳、跳皮筋什么的。

赵国平是男同学，家里也是解放军，张口就笑眯眯的，跟全班同学的关系都很好，经常拉着晓明参加课间操和做男孩子的游戏。

徐利杰也是男同学，家里是全班生活水平最高的，特别机灵，十分调皮，他的座位离晓明最近，没事就和晓明逗着玩，整天嘻嘻哈哈的。

这几位同学有共同的特点——开朗、大方、爱笑、机灵。他们对晓明都很主动，不像晓明整天沉着脸，一副高兴不起来的样子。

这也许是何老师事先做了工作的原因吧，他们都知道晓明是新来的，还不适应新环境，也不跟他计较这些。

晓明走出"自我孤独"状态的时间是比较长的，大约有几个月吧，过程也是很曲折的。

晓明的脾气很偏，多次反复，有时好一些，有时差一些，有时会发点小脾气。在这期间，还有不少小故事呢！

第一个小故事，晓明在老师的办公室里打架。

赵国平的性格是很好的，对人很温和，一天到晚总是笑呵呵的，和全班同学的关系都很好。

　　有一次在教室里，赵国平与晓明逗着玩，晓明被逗急了，感到很没面子。两个人先是拌了几句嘴，最后把晓明的暴脾气惹翻了，两个人就动起手来，你推我一下，我推你一下。

　　一伸手，赵国平就知道打不过，要吃亏了，赶紧跑出了教室。晓明的气还没有消呢，立刻跟着追出教室。于是，赵国平在院子像斗牛那样溜着晓明到处跑，一边跑还一边喊"你追我呀，追不着吧"！可把晓明气坏了！

　　晓明是个"飞毛腿"，眼看快要追上了。赵国平知道跑不掉了，就一头钻进教师办公室。赵国平以为晓明不敢进去，哪里知道，晓明正在气头上也跟着冲进了教师办公室。

　　赵国平可好，竟然哈哈大笑起来，在办公室里与晓明捉迷藏，一会儿藏在这个老师的后面，一会儿藏在那个老师的怀里，晓明怎么也抓不着。见到两个孩子在办公室里来回乱转，把好多老师都搞懵了，都不明白这两个小孩在干什么？是在捉迷藏，还是在打架呢？

　　何老师赶紧过来，严肃地批评了晓明："主要责任在晓明！同学和你逗着玩，不应该急的。打架本来就不对，还追到老师办公室里就更不对了，以后再也不许这样！"

　　冷静下来以后，晓明也知道是自己的不对，痛快地承认了自己的错误，表示以后改正。

　　何老师说："有错就要改正，改正还是好孩子，拉拉手吧。"

　　何老师让赵国平走过来，伸出手与晓明拉拉手。

　　这件事以后，赵国平对晓明还是很好的，什么变化也没有，还是一如既往地对待晓明，班里有什么事情都叫着他，让晓明什么心理负担也没有。

第二个小故事。

有一次，晓明和赵国平正在操场上遛弯，忽然前面出现了一个男孩，走路一摇一摆的，一直向他们走来。晓明不认识，但是赵国平认识，小声告诉晓明："这是二年级的'闹将'齐中石，老爱找新同学的麻烦，老师批评他也不改，咱们绕开走吧。"

于是，赵国平就拉着晓明绕开走。但是已经晚了，那个"闹将"齐中石已经把去路挡住了。两个人往左边绕，齐中石伸手不让过；两个人往右边绕，齐中石还是伸手不让过。

齐中石冲着晓明说："你是新来的吧？认得我吗？"

晓明说："不认识，你要干什么？"

"今天就让你知道知道，我是干什么的！"

说着，齐中石用肩膀来撞晓明，但是却被晓明躲开了。齐中石一看晓明似乎有些怕他，于是就得寸进尺，伸手给了晓明一拳。

这时，周围聚集了十多个同学，什么心态的都有。有的同学在看热闹，也有的同学想帮齐中石打便宜手，一副跃跃欲试的样子。

晓明很清楚，这次不还手是不行了，一旦那些打便宜手的一起上来就晚了！要是那样，自己天天都会被一群同学欺负的，这个学校还怎么待得下去呢！

想到这里，晓明突然跳起来向齐中石冲了过去，一个"三拳两脚"就把齐中石打翻在地了。

齐中石倒在地上都没有反应上来，根本没有想到这个新来的小子还敢打他。齐中石恼羞成怒，一下子从地上跳了起来，大吼一声："你还敢打我！?"用尽全力向晓明扑了过来。

哪里知道，齐中石刚一靠近晓明的身边，晓明一侧身，接着就是第二轮的"三拳两脚",再次把齐中石打翻在地了。

这下子,躺在地上的齐中石明白了——今天遇到一个不好惹的家伙了!他慢慢地从地上爬起来,不敢再冲向晓明,而是大叫道:"你小子不要跑了,等着,我叫人打你去!"说完掉头跑掉了,周边看热闹的同学们哄堂大笑起来。

赵国平害怕事情闹大了,赶紧拉着晓明跑回教室去了。

这一下,晓明终于把几个月以来心中积攒的闷气发泄出去了,十分痛快,也十分平静。他坐在教室里,等着齐中石找人来跟自己打架了。

哪里知道,第一天什么事也没有。好几天过去了,还是没有什么动静。

晓明感到十分纳闷,就问赵国平:"齐中石不是要找人打我吗?怎么没来呀?"

赵国平笑了,告诉晓明:"齐中石真的找人去了。但是,他找的那些人却来找我了,想打听你的底细。我说,你家里是解放军,特别厉害。看来,他们是不敢惹你了!"

"是吗?你真够朋友,说得好!"晓明听了十分高兴。

赵国平又说:"齐中石要跟你和好呢,你愿意吗?"

晓明说:"和好就和好呗,我本来也没想和他打架。"

从那以后,晓明在同学中的地位悄悄地发生了变化。那些容易被欺负的同学都特别主动地与晓明打招呼,特别爱跟晓明一起玩。

这下可好,晓明身边总是跟着好几个同学,就是想"孤独"也"孤独"不成了。真是坏事变成了好事。

晓明和齐中石也是"不打不成交"。两个人在学校里碰面的时候先是点点头,以后又笑一笑,再也没有冲突了,最后还成了好朋友呢。

大约经过半年多的时间，晓明和新学校的同学们熟悉了，消除了心理障碍，对学校也没有了"小、旧"的感觉，融入了班集体，终于从"孤独"的状态完全走出来了。

实际上，晓明转到新小学以后，就逐步进入到了自我封闭的孤独状态。如果长期如此，对他的身心发展是有很大害处的。

在新学校里，老师们对待每一个同学都是一视同仁的，不论什么同学，学习成绩好还是差的，家里是富的还是穷的，脾气好的还是脾气差的，都很关心、很亲切、很真诚。

现在，人们天天讲孤独症，什么是孤独症呢？反正是心理不健康的状态。而帮助晓明走出孤独状态的就是何老师和那些可爱的同学们。

五、晓明和妈妈农场的趣事

晓明的妈妈出生于湖北，家境富裕，属于工商业，还是文化世家，姥爷曾经当了十多年的小学校长。

1949 年，妈妈 15 岁上中学。解放军到达武汉的时候，妈妈就参加了解放军，从事发报工作，像《永不消逝的电波》的李侠那样，后来转业到交道口附近的单位工作。

晓明上小学的时候，妈妈暂时到单位的农场工作，平时工作很忙不能回家。

有一次放暑假，妈妈要到农场加班，说好要带晓明和弟弟到农场去玩。

早上起来，吃过早饭，妈妈说："晓明，带上你的小宝剑，咱们到农场去吧！"

小宝剑是妈妈给晓明的生日礼物，晓明走到哪里都要带在身上。于是，晓明带上小宝剑跟着妈妈出发了。

妈妈带着晓明和弟弟从安定门上车，在东直门倒车，然后，坐上了直达农场的公共汽车。妈妈的农场在京郊，需要坐公共汽车，好几个小时才能到呢。

以前，晓明总是听说什么"农场，农场"的，但是，对于究竟什么是农场却一点印象也没有。

终于，妈妈告诉晓明，农场到了，咱们该下车了。晓明跟着妈妈下车，顺着一条土路走了半个多小时，才走到农场。

晓明一看，原来农场是被很多高高的大木桩和铁丝网围起来的。

妈妈带着晓明和弟弟一走进农场就被好多叔叔阿姨围起来了，说道："叫叔叔，叫阿姨，这两个小男孩多好呀！"

可是，晓明和弟弟还有些认生，老是躲在妈妈的身后不敢出来，只是小声地说："叔叔好，阿姨好。"之后就再也说不出什么了。

农场里有很多的牛和羊，还有很多的鸡、鸭。晓明这才明白，原来农场是一个很大的饲养动物的地方呀。

那个时候，晓明和弟弟的年龄比较小，看着这些动物都觉得特别高大，牛的个头跟晓明的个头差不多高，好像一堵小墙；大公鸡长得跟弟弟的个头差不多，一副气势汹汹的样子。

看妈妈喂猪

妈妈说："晓明，我的工作是喂猪，你们都跟着妈妈，不要乱跑。"

于是，晓明和弟弟就跟着妈妈去看怎么喂猪了。

他们走进一间大屋子，大屋子里有一个大大的池子，池子里面有热水。

妈妈把晓明和弟弟安顿在一个不碍事的地方，就开始干活了。

只见妈妈和叔叔阿姨们把猪饲料倒进池子，然后拿个大勺子，在大池子里搅啊搅啊，屋子里热气腾腾，气味很大，待一会儿就是一身汗。

然后，妈妈和叔叔阿姨们用桶挑着猪食去喂猪，晓明和弟弟跟在后面。那个猪棚很大，一排一排的。刚进去的时候，猪棚里的气味很熏人，过一会儿似乎就习惯了。

晓明和弟弟看着妈妈用勺子把猪食倒在槽子里。那些猪很大，吃起东西来嗷嗷地叫个不停，相互之间挤来挤去，互不谦让。这是晓明第一次看到活生生的大猪。在晓明看来，这些大猪还有些吓人呢。

妈妈领着晓明和弟弟把一排一排的猪舍都看了一遍。有的猪很大，有的猪不大。有黑颜色的猪，有白颜色的猪，有黑白花的猪，还有很多小猪仔，挺好玩的。

妈妈和叔叔阿姨们一天要喂几次猪食。他们一会熬猪食，一会担着猪食去喂猪，忙活得够呛，无法照顾晓明和弟弟，于是由妈妈的同事王阿姨带着晓明和弟弟在农场里参观。

王阿姨带着晓明和弟弟参观了养牛场、养羊场，一边参观还一边说：“你妈妈在农场是很能干的，别看是女的，干活儿比男同志还棒，一直都是劳动模范呢。大家都以为，你妈妈的家里是富裕的文化人，似乎是不能干重活的，没有想到这么能干。”

王阿姨还说：“你妈妈不仅特别能干重活，还是文艺骨干，唱歌跳舞，样样都行。她还到中南海参加舞会呢！”

妈妈还会跳舞吗？晓明还是第一次听说。

王阿姨对晓明和弟弟特别热情，吃饭、喝水、休息、做游戏，都照顾得挺好。

第一次看见了电视

到了晚上的时候，晓明和弟弟没事干，妈妈带着他们去看电视。

妈妈带着晓明和弟弟来到一个大饭堂。那时，晓明不知道什么是电视，从来没有见过。

走进大饭堂以后，晓明看见一个很高的大木柜，柜子的上面有个门。

妈妈让晓明和弟弟坐在木凳上，把木柜的门打开了。晓明一看，木柜里有一架玻璃的仪器。妈妈说，这就是电视机，很好看的！

妈妈打开电视机的开关，啪的一声，电视机亮了。但是，开始看不清楚，上面有很多黑白道子。妈妈对电视机也不熟练，调了半天，人影终于清楚了，是一个伯伯在讲话。妈妈说，这是领导在讲话，下面是新闻，最后是戏剧。

新闻播完后开始演戏了。其实，这些戏晓明是看不懂的，只是觉得挺热闹的，比新闻好玩而已。

晓明看的是什么戏剧呢？就是《白蛇传》。妈妈当了解说员，告诉晓明，这个女的叫小青，那个女的叫白娘子，桥上那个男的叫许仙。

晓明看到，那个小青拿着宝剑，不停地追那个男人，总要杀他，唱得什么也听不懂，但是这个情节晓明记住了。

晓明觉得电视挺好玩的，个儿不大，什么节目都能看，很像一个小电影。晓明心说，什么时候自己家里也有一台电视就好了，省得到电影院去了。

勇斗大公鸡

有一次，晓明正在屋里玩儿，突然听到外面的弟弟大声叫起来。

晓明赶紧就冲了出去，想看看是怎么回事。

原来有一只大公鸡，金黄色的身子，绿色的尾巴，趾高气扬，个头很大，跟弟弟的个头差不多高，正呼扇着两个翅膀追弟弟呢。

弟弟在前面跑，大公鸡在后面追。一追上，大公鸡就扑上去，在弟弟的后脑勺上咬一口。

晓明一看，这哪行啊，赶紧就冲过去了。当时，晓明的手里有一把小宝剑，木头的。晓明赶紧挥起小宝剑去打大公鸡。

但是，大公鸡特别凶猛，挺厉害的，晓明拿着小宝剑也吓不跑大公鸡。大公鸡根本不害怕，瞪着眼睛，红着脸，张开翅膀，围着晓明和弟弟来回乱转，咯咯地叫着，看那样子，非要咬晓明他们不可了。

大公鸡看到晓明的个子高一点，手里拿着木头宝剑胡乱飞舞，也不敢冲上来咬晓明。但是，大公鸡却想转到晓明的身后去咬弟弟。弟弟个子小，只得躲在晓明的身后。

这一回，真成"老鹰抓小鸡"了。大公鸡是"老鹰"，弟弟是"小鸡"，晓明在中间，转起圈来。那场景，真跟老鹰抓小鸡的游戏差不多了。

那个场面，晓明的心里也有点害怕。这个大公鸡真凶，咬一下真够呛。

不论晓明怎样挥舞木宝剑，大公鸡也不跑，反反复复地冲上来，眼睛里露出凶光，还在晓明和弟弟的头顶上飞来飞去的，打成一锅粥了。

就在这个紧急的时刻，妈妈赶来了，拿了一把大扫把，把那只大公鸡打跑了，终于把晓明和弟弟给救出来了。

这一场战斗下来，把晓明累得够呛，浑身都被汗水湿透了。

这只可恶的大公鸡把弟弟给吓坏了，他再也不肯在农场待下去了。

第二天，妈妈只得把晓明和弟弟送回家。而且，从此以后，晓明和弟弟的心里留下阴影，再也没有来过这个农场。

妈妈农场的猪肉特别香

在那个时期，猪肉是按照计划才能购买的稀罕东西，买肉是需要肉票的。

有一次，妈妈的农场杀猪了，回家的时候带来一块农场分的猪肉。

这块猪肉虽然不大，但是非常新鲜！奶奶可高兴了，询问晓明怎么吃，炖着吃，还是炒菜吃。晓明和弟弟都愿意吃红烧肉。于是，奶奶就炖了一锅红烧肉，炖了好几个小时，满屋子都是猪肉的香味，可馋人了。

当时是冬天，晓明家有一间小南屋没有炉子，冬天很冷。奶奶把炖好的猪肉放在一口砂锅里，然后放到小南屋的床底下，还要用一块大石头紧紧地压住。晓明没事就去看砂锅盖得紧不紧，看看是不是会被老鼠给偷吃了。

每天吃饭的时候，奶奶都会盛一勺子红烧肉，吃了好几天呢。晓明觉得，那一次的猪肉挺肥的，白膘挺多，瘦肉挺少，但是，特别的香。

不久，妈妈就从农场调回机关。以后，晓明再也没有吃过这么香的炖肉。

为保护集体财产，妈妈受伤了

有一天，晓明放学刚到家，奶奶赶紧叫晓明："晓明，妈妈回来了，赶紧陪妈妈上医院吧。"

晓明觉得挺奇怪，也不是休息日，妈妈怎么回来了呢？晓明一看，原来是妈妈受伤了，脚被纱布包着。

晓明赶紧问道："妈妈，这是怎么回事？怎么会受伤呢？"

妈妈说："没有什么大不了的，就是让热水烫的，咱们上大二条的第六医院去吧。"

北京第六医院就在安定门内大街的大二条胡同里，当时也没有汽车，晓明和妈妈是走着去的。

走进医院的一间诊室，一位大夫阿姨接待了妈妈。大夫询问是怎么回事，妈妈就把事情的经过讲了一遍。

原来，今天上午，妈妈熬猪食的时候，一只小猪淘气，在周围乱跑，一下子就掉到热水池子里去了。妈妈正好看见，想都没想，立刻跳到热水池捞小猪，自己却被烫伤了。

大夫听了感叹地说："为了保护集体财产，奋不顾身，精神可嘉，但是，你这么做也太危险了！"

妈妈说："我当时什么也没想，就想着赶紧捞小猪了。"

大夫把纱布打开，把旁边的晓明吓了一大跳，妈妈的脚上全是大水泡！多疼啊！

妈妈自己倒是一幅十分轻松的样子，对晓明说："没事没事，过几天就好了。"

大夫耐心细致地处理伤口。一边处理，一边嘱咐，回家以后怎么办呀，什么时候再来看病换药呀，等等。

过去，晓明生病的时候，都是妈妈带晓明来这家医院的，没有想到，这一次是由晓明陪着妈妈来这家医院了。

妈妈的伤病还没有痊愈，就着急要去农场上班。奶奶不同意，还哭了一场，说这不是拼命吗！

可是，妈妈说，农场离不开人。她要是不去，那些小猪都会生病的，实在不放心，到农场以后干点轻活就是了。最后，妈妈还是带着伤病到农场去了。

晓明对妈妈保护集体财产的勇气和精神非常佩服，心想，妈妈当年在解放军部队也一定是非常英勇的，跟《永不消逝的电波》的李侠差不多吧。

六、晓明和同学们去春游

对于晓明和同学们来说，春游是最重要、最好玩的校外活动了。

春游之前，很多同学们就开始打听："要春游了，咱们去哪里玩呀？"

那时，北京的小学只有春游，没有秋游，而且每年都要换个地方。

在小学期间，同学们去了三个地方春游。第一次是北海，第二次是颐和园，第三次是故宫。为什么呢？这是因为同学们的岁数还小，所以先去北海，再去远一点的颐和园，最后再去最复杂的故宫。

在北海游玩

在春游之前，何老师对同学们说："这次，咱们要到北海公园去春游，大家都准备点吃的，穿干净的衣服。春游的时候，公园里的人很多，要听老师的话，要一个人跟着一个人，不要跑丢了。"

平时，同学们都在学校，除了上课就是回家。虽然在北京，但也没见过世面，除了自己的小学校和小胡同以外，很多同学都没去过北海、颐和园和故宫。这次能出去玩一玩，同学们都非常高兴。

春游之前有什么可准备的呢？主要是带点吃的。有带馒头的，有带窝头的，有带咸菜的，有带面包的，还有几个同学带香肠的。

那时候，天气也不算太热，有的同学家长还给做点好吃的饭菜，放在小盒子里。

同学们喝的水是学校老师负责的。每个同学都自己带个碗，学校老师则带了一个大热水桶。陈老师身体棒，负责拉着热水桶，同学们渴了就到热水桶接热水喝。

春游的那天，同学们乘学校联系的大客车来到了北海公园的南门。

同学们是从南门进去的。晓明的第一感觉就像是走进了仙境一样，特别是北海的湖，很多同学们都同时喊起来了："北海的湖真大呀!"

同学们都是生活在北京的孩子，都没见过那么大的湖，一看北海的湖就觉得很大，格外的新奇，比学校的操场开阔多了!

北海公园位于北京市中心区，东邻景山，南连中南海，北连什刹海，属于中国古代皇家园林。全园以北海为中心，占地68.2万平方米（其中水面积38.9万平方米，陆地面积29.3万平方米）。

在晴朗的蓝天下，北海白塔比书本上的照片还要雄伟、漂亮多了，具有立体感，活生生的。

同学们都嚷嚷着要先到白塔上看看。于是，何老师带着同学们从正面登上了白塔前面的善因殿。这是座小巧精致的宗教建筑。游人至此，居高临下，视野无垠，是观赏京城景致的最佳之地。

晓明站在白塔前的善因殿上，向四周一望，到处郁郁葱葱，眼界特别开阔，这让晓明想起了自己上安定门城楼的感觉。

何老师还特别介绍说，北海的南边是中南海，中南海是毛主席办公的地方，给同学们留下了很深的印象。

北海的白塔下面有一个长廊。同学们在长廊里找了个地方休息。大家坐成一个圈，不分彼此，你吃我的，我吃你的。那时候没那么多事，没有那么多讲究。有的同学家里困难些，就带得差点；有的同学家里条件好些，就带得多点。大家都混在一起吃，边吃边乐，都挺高兴的。

吃过饭，休息一会儿，同学们找了个宽敞的地方做起了老鹰抓小鸡的游戏。同学们第一次出来春游，都跟出了笼子的小鸟一样，使劲地跑、使劲地飞，一点也不累。

这一下可把老师们累得够呛。看好这些小孩子不容易呀，不能跑丢了，不能摔倒啊。老师们的嗓子都喊哑了，一会儿就要点一次名。走在队伍最前面的是何老师，跟在最后面是吴老师。几十个小同学都排成两列，两人并排着向前走。

每到一个有古迹的地方，何老师都要介绍一番说，这是什么地方，都有什么典故。但是，同学们还是太小了，听得似懂非懂的。

何老师说："在古代，北海是皇帝家里的花园，是皇帝玩的地方。那时，北海是不让老百姓来的。谁要是走得近一点，那是要杀头的。现在，北海是人民的公园，老百姓都能进来玩了。"

北海公园的东侧是景山。那时候，晓明的个子比较小，远远看去，觉得景山已经很高了。

晓明印象最深的是坐大游船，从白塔坐大游船到对面的五龙亭去。同学们是分批过去的，回来的时候没有走原路，而是从北海后门出去，再用汽车把同学们接回学校。

那个时候，同学们坐的是大游船。但是，北海里还有一种二三个人划的小船。同学们看划小船很好玩，就问何老师，咱们能不能划小船呢？何老师说："你们还小，那玩意儿危险，掉到水里怎么办？不行，咱们必须坐大游船，而且坐大游船的时候，同学要往里靠一靠，不要挤，注意不要掉到湖里去。"

晓明很奇怪，这个大游船是怎么走的呢？也没有桨，小船有桨，一划一划地向前走。

上了大游船以后，他发现，原来大游船外侧是可以走人的，两侧都有叔叔拿着大竹竿子，插进湖水里使劲向后推，这样大游船就向前走了。

晓明第一次见到用竹竿撑船的。知道了船有两种走法，一种是大游船，是用杆撑着走的。一种是小船，是用两个桨一划一划地向前走的。小船上都坐着二三个人，看起来挺美的，真让人羡慕。晓明想，等自己长大了，也要划个小船玩一玩。

在北海公园，同学们先是去了白塔，然后坐大游船，最后去看了九龙壁。

何老师带着同学们围着九龙壁转了一圈。金碧辉煌的九龙壁上有九条大龙，腾云驾雾、张牙舞爪的，给同学们留下了非常深刻的印象。

何老师给同学们介绍说："在古代的时候，人们把皇帝称作真龙天子，龙象征着皇帝。"

同学们去北海见了世面，获得了很多课堂上没有的真实感受。

颐和园春游

第二年的春游，何老师带着同学们去了颐和园。

那个时候，同学们刚学完一篇关于颐和园的课文，了解了颐和园里的长廊、佛香阁、智慧海、昆明湖、十七孔桥、石舫等。这次春游，大家就可以看到真的颐和园了。

颐和园是古代皇家园林，前身为清漪园，坐落在北京西郊，距城区15公里，占地约290公顷。它是以昆明湖、万寿山为基址，以杭州西湖为蓝本，汲取江南园林的设计手法而建成的一座大型山水园林，也是现今保存最完整的一座皇家行宫御苑，被誉为"皇家园林博物馆"。

这次春游，同学们亲眼看到了昆明湖、长廊、佛香阁、智慧海。晓明深切地感到，昆明湖比北海大多了，身临其境比书本上的照片更加美丽壮观。

何老师告诉同学们，昆明湖总面积有3000亩，比五个北海还要大，把原来的湖岸上一部分土地围在湖中，便成了湖内西堤和三个岛，把挖出的泥土移堆于万寿山上，使这座原来较低矮的万寿山大大增高了。

1888年慈禧太后挪用海军经费重建此园，并改名颐和园。后来，中国在甲午战争中被打败了，割地赔款，陷入了深重的灾难，老百姓的日子苦不堪言。

何老师说："同学们可以把颐和园和十三陵水库对比一下。1958年5月25日，毛主席、刘主席、周总理、朱德、邓小平及全体中央委员都到十三陵水库工地参加义务劳动。同学们要听好，义务劳动是不发工资的劳动！"

"在十三陵水库修建过程中，近40万人参加了义务劳动，国家领导人与人民一起艰苦奋斗、众志成城，以建设社会主义的巨大热情建成了十三陵水库，造福于国家和老百姓。但是，建造颐和园花了大量的人力、财力却是为了给慈禧老佛爷祝寿，最后还打败仗，割地赔款，从此中国陷入深重的灾难之中。"

"十三陵水库则是在国家领导人的带领下，几十万人参加义务劳动修建的为中国人民造福的水利工程。同学们只要把颐和园与十三陵水库比较一下，就知道现在与旧社会之间有什么区别了。现在是为人民服务的，而旧社会是为'三座大山'服务的！"

颐和园长廊也是最著名的景观之一。何老师特意带着同学们参观了长廊。

在参观的过程中，何老师告诉大家，颐和园长廊是建于1750年的，1860年被英法联军焚毁后，在1888年又重新建造。长廊的全长是700多米，共200多间，有500多根柱子，是中国古建筑和园林中最长的廊。长廊还是一条画廊，共14000余幅画，内容多为山水、花鸟图以及中国古典四大名著的故事。

晓明总的印象是颐和园比北海漂亮、大气。上一次春游，晓明觉得北海挺大的，现在就觉得北海太小了，还是颐和园好，也比北海更漂亮。

同学们在颐和园又坐了一次大游船，从万寿山下长廊中部上船，到十七孔桥那边的湖心岛。同学们在湖心岛吃了饭。然后，何老师给同学们找了个宽敞一点的地方，让大家玩一玩。刘素华和几个女同学还为大家跳了支舞呢。

故宫春游

最后一次春游，同学们去的是故宫。故宫和颐和园的风格完全不一样，全都是高大的宫殿。

故宫位于北京市中心，也称"紫禁城"。这里曾居住过 24 个皇帝，是明清两代（公元 1368～1911 年）的皇宫。

故宫大体可分为两部分，南为工作区，即外朝；北为生活区，即内廷。其所有建筑排列在中轴线上，东西对称，秩序井然。

外朝是皇帝处理政事的地方，主要有三大殿：太和殿、中和殿、保和殿。其中，太和殿最为高大、辉煌。皇帝登基、大婚、册封、命将、出征等都要在这里举行盛大仪式。

晓明觉得，故宫紫禁城真的很雄伟，非常庄严。同学们参观一个大殿接着一个大殿，把几个主要的大殿都看过了。

同学们还看了一口珍妃井。

讲解员说，光绪皇帝喜欢的珍妃就是被慈禧老佛爷扔到这口井里淹死的。清朝光绪二十六年（1900 年）八国联军攻打京城，慈禧太后与光绪皇帝要逃跑。逃跑前，慈禧太后把珍妃叫到这里，让太监将她推入井中淹死了。所以，这口井就被叫作"珍妃井"了。

故宫的历史故事太多了。同学们的阅历太少，很多东西都不太明白。

晓明觉得故宫太严肃、太威严，建筑结构特别复杂，宫殿很多，走在里面容易转向，好似进入了一个大迷宫。

从晓明的心理来看，第一次去北海是最新鲜、最好玩的。因为年龄小啊，什么都没见过呀，第一次的感觉是最新鲜的。

第二次去颐和园，眼界是最开阔、最舒服、最愉快的。但是，对于慈禧老佛爷挪用海军军费，打了败仗，割地赔款，十分气愤。

第三次去故宫，感觉是最宏伟、庄严的。但是，对于小孩子来说，晓明还难以深刻地理解故宫的历史价值和意义。

七、何老师讲"粮票"的故事，同学们更加珍惜粮食

在家里，晓明是奶奶的帮手，常常跟着奶奶去买粮食，早就见过粮票了。

每次买粮食的时候，奶奶都要仔细地数粮票，生怕算错了。晓明还想，买粮就买粮呗，要这个小东西做什么，怪麻烦的，也没有把这些小小的粮票当回事。没有想到，何老师竟然提到了粮票的事。

有一次，在下午的自习课上，何老师问："同学们见过粮票吗？见过粮票的同学，请举起手来！"

很多同学都举起手来了。

何老师又问："看见粮票，大家的感受是什么？"

同学们七嘴八舌地说起来了，总之是没有什么感觉，一张不起眼的小纸片而已。

那时，每个家庭都有粮票，每个人的粮食都是定量的。

何老师说："同学们没有什么感觉，这是可以理解的。我告诉同学们，我拿着粮票的时候，手里的感觉不是轻飘飘的，而是沉甸甸的，心里头是暖烘烘的，有的时候，眼睛里都有热乎乎的泪水。我听说，国家

领导人的粮食定量与老百姓是差不多的！有了粮票，咱们老百姓买粮食就有了保证，吃饭就有了保证。老百姓不会再像旧社会那样，背着一口袋的钱买不到粮食饿肚子了。"

何老师继续问道："同学们，哪位同学有过饿肚子的感受？告诉老师。"

立刻，就有几位同学举起手来，晓明也跟着举起手来。

何老师扫视了一遍教室，最后把目光停在晓明身上，奇怪地看着晓明："你家里的情况还可以，也饿过肚子吗？这是怎么回事？说给大家听听，饿肚子是什么感受？"

晓明站起来说："头晕眼花，浑身发抖，四肢无力，没着没落，还恶心出冷汗呢。"

何老师点点头说："晓明同学说得很对，就是这样的。"

可是，何老师的疑惑还是没有解除，继续问道："晓明同学，你不是有饭吃吗？为什么还会饿肚子呢？有什么故事吗？讲给同学们听听，好不好？"

这时，晓明立刻后悔举手了，自己饿肚子的事怎么能说得出口呢，不好意思地笑了笑，没有回答，一低头就坐下了。

可是同学们都不干了，大声叫起来了，吵得教室嗡嗡作响，非让晓明讲讲是怎么回事，有什么故事。

晓明心里十分矛盾，说不是，不说也不是。心说，这次坏了，自己一定要出洋相了！

何老师明白晓明的心思了，解围地说道："刚才老师讲得太多了，应该调节一下气氛。没事的，同学们想听听，你就讲个笑话让大家乐一乐吧。"

"那好吧。"晓明只好勉勉强强地站起来,给同学们讲了一个可笑的故事。

在部队附近小学的时候,晓明特别爱玩打仗的游戏。有一次中午,晓明和同学们玩打仗的游戏把时间给忘了,玩到下午一点多钟,肚子饿得咕咕作响,晓明这才想起来自己还没有吃饭呢!

于是,晓明赶紧就往食堂跑,跑到食堂一看,大门都关了,食堂里也没有人了。这可怎么办呢?其实,如果当时晓明敲敲门,走进食堂,说明情况,食堂的叔叔阿姨是会给他吃饭的,不就是来晚了嘛。

但是,晓明从来不知道饿肚子是怎么回事,更没有饿肚子的体验,心说,到吃晚饭的时候再说吧。于是,晓明没有进去找食堂的叔叔阿姨,转身走了。

哪里知道,这一下午,晓明什么事也做不成了。下午的课,晓明根本听不下去,可难受了。也许是上午跑得太欢的原因吧,到了下午三点的时候,强烈的饥饿感开始了。

一开始,晓明感觉到四肢无力,后来就是没着没落、心里发慌,最后就是头晕眼花、浑身发抖、恶心出冷汗。

哪里还敢再去玩呀!晓明只得一个人傻傻地坐在食堂大门口的台阶上等着开饭。晓明觉得,最后那一个小时过得太慢了,要是时间再长一点,自己恐怕真的要饿晕过去了。

到了天快黑的时候,晓明终于把开饭的时间盼到了。可是,一站起来就觉得眼冒金星,一晃一晃的,不知道是怎么走进食堂的,吃的是什么饭都不知道,只知道吃完饭后,那些"头晕眼花、浑身发抖、四肢无力、没着没落、恶心出冷汗"的感受立刻都消失了。简直是太舒服了,太神奇了,什么难受的感觉都没有了!

晓明的故事讲完了。

说到这里，晓明不禁大声地长叹一声："我的天呀，原来饿肚子这么难受啊，下次再也不敢了！饿一顿就是这样，要是饿一辈子怎么得了呀！"

"哈哈哈！"惹得同学们都大笑起来了。

何老师笑眯眯地看着晓明说："我就知道，你一定又是到哪里淘气去了！"

何老师接着说下去："现在，党和政府发了粮票，每个人都可以买到粮食了。旧社会的时候，粮价天天上涨，一麻袋纸币也买不了多少粮食。大家都抢疯了，没有粮食，有多少纸币也没有用。没钱的穷人就更没辙，只有靠挖野菜活命了。"

这时候，徐利杰举起手来，向何老师提出了一个问题："何老师，为什么咱们国家会出现困难时期呢？"

何老师微微地笑了笑，在讲台上来来回回地走了几趟，一时不知道怎么回答才好。他低头深思了一会儿，说道："徐利杰同学提出了一个很好的问题，这也是大家都关心的问题。但是，这个问题是很复杂的。同学们的年龄还小，为了容易理解，我打个比方吧。"

何老师说："我想，很多同学都爬过山吧，爬山就会走崎岖不平的山路，一不小心，是不是会摔跤呢？"

同学们都说："走崎岖不平的山路当然会摔跤了。"

何老师问："如果一不小心，摔了一跤，该怎么办呢？"

同学们答道："赶紧爬起来，看看摔坏了没有，要是没事，就继续走路呗。"

何老师又问："要是摔倒了以后，你还来不及爬起来，突然来了狂风，你站不起来了，这是不是会更困难呢？"

"我们确实遇见过能把人吹倒的大风！如果遇见这样的大风是更加困难了！"同学们回答道。

何老师继续问道："这时候，要是再遇见大暴雨，而且狂风暴雨一直不停。你倒在深水里起不来，这样是不是更加的困难呢？"

同学们相互望了望，都说："这的确是困难加困难，更加困难了！这可怎么办呀？"

何老师说："是嘛，我们国家现在的困难时期跟这种情况差不多，是多个困难叠加在一起产生的。"

何老师继续说道："遇到困难怎么办呢？我想，最重要的就是——团结、团结、再团结，互助、互助、再互助！现在，党和政府正在尽最大的努力，跟老百姓一起克服困难，共渡难关，这是最重要的。同学们一定要坚信，当前的困难是暂时的，只要全国人民一齐努力，这样的困难时期是一定能够过去的！"

"好！"听了何老师的话，同学们都热烈鼓起掌来！

何老师挥了挥手，说："咱们班有些同学的家里的确很困难。对于这些同学的困难，学校和老师都在想办法帮助他们渡过难关。一个学期的两块五学费不收了，书本也用上学期老同学的，还有很多同学之间也在相互帮助。我们绝对不能让任何一位同学因为家庭困难而退学！"

晓明坐在位子上向周围看了看，每个同学都很激动，特别是那些家里困难的同学更加激动，有的同学眼里还含着泪花，不停地擦着眼睛。

看到这里，晓明眼睛有些湿润了，心里很过意不去，心想，过去自己太不珍惜这个班集体了，对困难家庭的同学的关心太不够了。自己家里的条件虽然不是最好的，也是比较好的，为什么以前没有伸出手来帮助困难的同学呢？以后，自己也要像何老师那样，积极参加同学互助的活动才对！

八、晓明加入少先队，走访困难同学家庭

在这个班里，刘素华和赵国平是第一批加入少先队的，晓明是第二批加入少先队的。

晓明加入少先队那天，入队仪式是在学校操场上举行的，刘素华和赵国平作为先入队的少先队员还为晓明戴上了红领巾。

晓明戴上红领巾以后，觉得自己又长大了。回到家里，奶奶还说："咱家的晓明戴着红领巾显得真精神。"

第二年，晓明被同学们选为中队长了。但是，当上中队长却是晓明意料之外的事。

在晓明看来，自己的学习成绩在班里是不太突出的，也就是算术好一点，语文和体育过得去，其他都是一般化的。

晓明和男同学的关系比较好，好多男生都围着他转，威信也比较高。

但是，晓明是那种见到女同学就不知道说什么的男孩，与赵国平相比差远了。赵国平与女同学的关系可好了，有说不完的话，全班的女同学都特别喜欢他，什么活动都主动拉他参加。一到这时候，就没有晓明的事了，从来也没有女同学拉他参加什么活动。

刘素华是班长，自然与晓明接触得比较多，比较熟悉。但是，晓明与大多数女同学见面最多也就是点点头，说个"三句半"就结束了，所以，晓明与大多数女同学都不太熟悉。

也不知道为什么，就是这样的条件，晓明还是被同学们选举当了中队长。

晓明看着那个中队长"二道杠"牌牌，像看到孙悟空的紧箍咒，可发愁了。他一想到今后要受"中队长"的管束，浑身都不自在起来。

好几天，晓明也没有把那个"二道杠"牌牌戴上，拿在手里，总有火热热的感觉，不知道如何是好。

为了这件事，晓明找到何老师，说自己不会当什么中队长，还是让别的同学当中队长比较好。

可是，何老师却说："同学们选举你，是信任你，多锻炼锻炼，多为同学服务就行了。"说完，何老师还亲自把"二道杠"牌牌给晓明戴上了。

那天，晓明戴着"二道杠"牌牌走进教室的时候，心中突突地乱跳，生怕大家注意到自己了。

放学的时候，晓明一出校门，刚走进胡同口就把这个牌牌摘下来，心里才舒服了。

这也不知道是什么心理？别的同学当了中队长都挺高兴的，觉得自己进步了。也许是晓明从未当过什么班干部，心理上还不适应吧。

总之，晓明是硬着头皮当这个中队长的。不当中队长的时候，晓明怎样做也没事，说什么也可以，当了这个中队长就麻烦了，需要主动联系同学了。过去，晓明不主动也没有什么，现在似乎不合适了。可是，晓明还是不知道该主动地说些什么，怎么也张不开嘴。

这可怎么办呢？何老师让晓明注意刘素华和赵国平是怎样做的，跟他们多学学。晓明想，自己先跟他们跑跑腿再说吧。

当时，学校和老师对那些家庭困难的同学是很照顾的，免除了学费，很多老师还拿出自己的工资帮助那些困难的同学。

何老师就是其中的一员。他对困难同学特别照顾，除了留下自己的生活费，把其余的工资全部用来帮助困难同学，粮食是定量的，买不了粮食，他就买课本、铅笔、橡皮等文化用具什么的。

对于何老师的关心和帮助，同学们都很感动。少先队把到困难同学家里义务劳动作为重要活动之一。

那时，学雷锋、爱国家、爱集体、爱人民是社会风尚，同学之间都是自觉自愿互相帮助的。

有一次开班干部会，刘素华提议赵国平和晓明一起到那些困难同学的家里走一走、看一看，关心关心、慰问慰问，也了解些情况。这种事，晓明以前没有做过，现在当了中队长也要参加了。

于是，刘素华带着赵国平和晓明走访了几个困难同学的家，而王萍萍同学给晓明的印象是最深的。

过去，班里大约两三个月要调一次座位，目的是让同学们相互之间有了解的机会，还有防止近视眼的作用。

有一次，晓明和王萍萍调到同桌了。虽然晓明和王萍萍两个人同桌了三个月，可是也没有说什么话，相互之间客客气气，见面打个招呼，还是不怎么熟悉。

王萍萍是个女生，机灵文静，平时不爱多说话，穿着朴素，干净利索。她的学习成绩很好，各科成绩均名列前茅，综合排名全班是第二名。而晓明仅仅是算术第一名，语文是五六名，体育马马虎虎前十名，其他的音乐和图画均为中下，所以被排为第五名。

没去王萍萍家之前，刘素华告诉赵国平和晓明，因为她家里条件太差了，王萍萍特别不愿意他们这些男同学去，觉得没有面子。今天，萍萍送活去了，不在家，所以带你们来看看。

尽管已经有了心理准备，晓明走进王萍萍家里以后，还是大吃一惊，从来没有见过这么贫穷的家庭，心说，这还是个家吗？

王萍萍家是两间南房，没有朝阳的窗户，屋里的光线很差，又黑又暗，墙壁也是黑乎乎的。

床上只有一张席子，两床被子，有个柜子也是破破烂烂的，一张桌子上面堆的都是信封什么的。

有一位老爷爷坐在床上。赵国平和晓明走过去，对老爷爷说："爷爷好！"

老爷爷说："你们好，这两位同学是新来的吗？以前没有见过，随便坐坐吧。"

刘素华说："爷爷好，他们俩是第一次来看您的。"

老爷爷说："谢谢你们，谢谢你们，都是好孩子啊。"

刘素华低声对晓明说："萍萍的爸爸死了，妈妈走了，爷爷的腿有残疾，还有个弟弟，全靠他奶奶一个人挣钱养家，虽然国家给些补助，但是也不够。所以，他们家就糊信封、糊纸盒，一个月挣十来块钱补贴一下。平时，奶奶中午上班，照顾不了萍萍。她每天只吃早晚两顿饭，中午休息时待在教室里，也不回家吃饭。"

刘素华还说："本来，萍萍想退学在家专门糊信封，可是，何老师说什么都不同意，说一定要帮助她上学，而且还拿出自己的工资帮助像萍萍这样的困难同学。"

当时，同学们都是中午回家吃饭，下午再来上学的。所以，有些同学还把家里吃的饭带到学校来。有的同学带个馒头，有的同学拿个窝头或者烙饼什么的，给困难的同学垫垫。

那个时候，每个同学家里的生活水平都差不多。即使家里有钱，吃的东西也都差不多，因为所有的东西都是计划供应的，粮食、肉、油、鸡蛋、芝麻酱等都是要票和副食本的。

过去，刘素华和一些女同学常来王萍萍家里糊信封，努力帮助他家多挣一点钱。男同学也许不方便吧，则没有来过。

晓明走到桌子前，感到很新奇，对刘素华说："这个信封怎么糊呀？我也体验体验。"

刘素华笑着说："你行吗？笨手笨脚的。看着我怎么做。"

说着，刘素华开始糊信封了，动作那个快呀，转眼就糊完了一打信封。

晓明看傻了，什么也没看明白。可是，既然已经说要学学，晓明只得硬着头皮坐下来学糊信封。

刘素华倒是很耐心，手把手教得很认真。晓明笨手笨脚地学了半天，还是鼓捣不好那些软软的信封，弄得到处是糨糊，黏黏糊糊的。最后，晓明还是失败了，连一打信封也没有糊好。不合格不说，还给刘素华添了麻烦，她要把晓明的信封拆下来，再糊一遍。

晓明这才体会到，原来糊信封挣钱是这么的不容易。可是，王萍萍每天要糊好几百个信封呢。

从王萍萍家里出来的时候，老爷爷拄着拐杖，一瘸一拐地把晓明他们送到大门口，不停地说："向你们何老师问好，谢谢何老师这么照顾我们萍萍啊！"

说着，老爷爷还不自主地擦了一下眼眶，弄得晓明的鼻子也酸溜溜的。

刘素华低声说："何老师经常走访困难同学的家，帮助他们克服困难，要不然爷爷怎么会专门提到何老师呢。"

晓明刚一出门，似乎看到胡同口有个熟悉的身影一闪就消失了。他立刻感觉到，那个人一定是王萍萍，她已经看见了赵国平和晓明，只是不愿意出来而已。于是，晓明当作什么也没有看见，跟着刘素华和赵国平走了。

在回家的路上，晓明的心里很难受，觉得自己过去太粗心了，想起自己和王萍萍同桌时的表现，觉得过去自己是无意中冷落人家了。王萍萍的家里这么困难，而她的学习又这么好，太不容易了！

突然，晓明似乎明白刘素华要自己和赵国平一起来家访的目的了。

看来，刘素华已经感觉到，晓明这些男同学在无意中冷落那些家里困难的同学了。这一次是让他们亲身看一看，受点教育，也是善意的提醒。

晓明不觉叹道："都说女生心细，真是这样。这个鬼机灵的刘素华，还有这一手呢！"

晓明想，既然同学们信任自己，选举自己当了中队长，那么自己再像过去那样随随便便地就不合适了，总要像个中队长的样子才对。

以后，晓明发生变化了。他也学着赵国平那样主动与同学们打招呼。特别是见到困难同学的时候，晓明比过去主动多了，也热情多了，也能主动为班里的困难同学做点事，不再等着老师来推一推、动一动了，知道自己应该多尽点心意才好。

对于晓明的这点进步，何老师都观察到了。有的时候，何老师见到晓明还关心地问他："你的中队长当得怎么样啊？还有什么问题吗？告诉老师。"

晓明笑着回答："还行吧。"慢慢地，他也能适应中队长的新角色了。

九、晓明学会削鞋底和织网兜，
得到同学们的赞扬

那时候，为了帮助老百姓改善生活，街道居委会常常组织老百姓干力所能及的活，让他们都能挣点钱，补贴家用。

王萍萍家里属于特殊困难的，街道总是照顾他们家，有什么活都要先保证这些困难户。

对于糊信封、糊纸袋这样精细的软绵绵的活，晓明这样笨手笨脚的男孩是做不来的，搞得磨磨唧唧的，哪里都是糨糊。

晓明与刘素华商量，同学们都在互相帮助，自己也要做点什么才好，不能等着呀。

刘素华想了想说："我看见王萍萍的家里还有一种削鞋底的活，是她爷爷干的，难度大一点，挣的钱要比糊信封多一点，但不知道你行不行。"

晓明问道："什么是削鞋底呀？"

刘素华说："你去看看就知道了。"

第二天，刘素华和晓明来到了王萍萍的家里，跟王萍萍的爷爷说明来意。爷爷摆着手说："不用了，不用了，削鞋底的活又脏又有危险，你们哪能干那个。"

晓明笑着回答："我不怕脏，我摆弄刀可熟练了，家里的菜刀都是我磨的，没事的，您放心，可以先看看，真要是不行，太复杂了，就算了。"

听晓明这样说，老爷爷的心也动了，于是就说："那好吧，你先看看再说吧。"

老爷爷把晓明带到一只筐的面前，自己坐在筐的边上，伸手拿出一支塑料鞋底，递给晓明，说："晓明同学，你看看，这些塑料鞋底的上面有很多铁屑，都是工人干活的时候留下的，我们的活是把这些铁屑用刀子削下来，然后再把塑料鞋底送回工厂进行再加工，制作出新鞋来。你看我是怎么削鞋底的。"

说着，老爷爷拿起一把刀，一刀接一刀，很快把鞋底上的铁屑都削掉了，黑乎乎的鞋底变成了一只白色的干净的鞋底。老爷爷说："你看，等到鞋底的铁屑都没有了，就算完成了。"

在晓明看来，这活也不算多复杂，于是就说："我看行，可以试试。"

老爷爷说："你要慢慢来啊，不要图快，要特别注意，拿鞋底的时候手在下面，刀子在上面，千万注意不能伤了手。"

然后，老爷爷还教给了晓明很多技巧和注意事项。

晓明也学着老爷爷的样子，坐在一张小凳子上，左手拿着一只鞋底，右手拿着一把刀，按照老爷爷教的技巧，试着先在鞋底上轻轻地削了一下，结果什么东西也没有削下来，感觉那些铁屑还是挺硬的。

晓明发现，这还真是一个技术活呢，女同学干不了，难怪这活挣钱多一点呢。

为了安全，晓明一点一点地增加力度，慢慢地寻找感觉。慢慢地就找到力度的感觉了，也能削下一点铁屑了。

第一天，晓明把主要精力放在找感觉上，试试看，不图快，连一只鞋底都没有削完。

刘素华走过来问道："晓明，你觉得怎么样，这活行吗？"

"我看行，不着急，多练习练习就行了，关键是要保证安全嘛。"晓明十分自信地回答。

练习了几次，晓明很快学会削鞋底了。

晓明削的鞋底是一种塑料鞋底，可能是工人在有铁屑的场地使用的，不仅有很多铁屑，还有很大的味道。削鞋底的时间短了，还凑合，时间长了，那种气味特别熏人，头晕眼花，可难受了。

刚开始的时候，晓明常常累得手臂发麻，酸疼酸疼的，一天也削不了几个鞋底。后来，晓明越来越熟练，速度也越来越快，最后，他削鞋底的速度跟老爷爷都差不多了。

晓明和刘素华大约一个星期到王萍萍家里去一次，每次削鞋底的时间在两个小时以内。

但是，削鞋底这种活还不是老有的，晓明干了大约半年就没有干的了。

往后晓明该干什么呢？

晓明看到，很多女同学都在做织网兜的活。

织网兜这种活是把一种细细的塑料绳编织成网兜，网兜不大，是给老百姓买菜用的。

织网兜这种活最适合女同学了。有些女同学的手特别灵巧，织得飞快，眼睛都看不清，十来分钟就能织一个。

在晓明看来，织网兜要比削鞋底麻烦多了。可是，既然没有别的事做，晓明也想试试。

起初，他显得有些笨手笨脚，看别人容易，自己拿起塑料绳却不知道从哪里下手了。

这一次，王萍萍来给晓明当老师了。

王萍萍织网兜是最快的，给晓明当老师当然没问题。

晓明的手很僵硬，不听使唤，王萍萍怎么说，晓明也做不好。王萍萍恨不能手把手地教晓明。

可是，晓明织的网兜不是紧了，就是松了，网兜格子的大小总是不匀称，质量达不到要求，还拆来拆去，浪费了材料。尽管如此，王萍萍依然很耐心，反反复复地做示范，一点一点地来。

经过好几天，晓明总算可以独自织一个网兜了。王萍萍鼓励晓明："这样织就行，慢慢来，争取一次织好，不要返工。"

晓明把自己织好的网兜交给王萍萍去检查，提提意见。王萍萍认真地检查了一遍，使劲地抻了抻，满意地对晓明说："挺好的，你这样干就合格了。"

晓明知道，在王萍萍的心里，自己是来意思意思的，根本没有指望自己能织几个网兜。晓明很不服气，心想，太小看人了，看我怎么超过你！

晓明暗中使劲，仔细观察，细心体会，反复琢磨，怎样才能在保证质量的前提下提高速度。

说起来，织网兜毕竟是一个熟练工作。功夫不负有心人，不知不觉，晓明织网兜的速度越来越快了。

晓明织网兜的速度越来越快，无形之间给王萍萍和刘素华施加了不小的压力。

王萍萍对晓明说："你干一会儿，可以休息一会儿，不要太累太着急了。"

晓明自我感觉不错，就发出挑战了，对王萍萍说："你看，我织网兜的速度能不能超过你呀？"

王萍萍以为自己听错了，忙问道："你说什么，你要超过谁？我不信你能超过我！"

晓明自信地笑着说："咱们比一比，看我能不能超过你！"

于是，晓明和王萍萍她们进行了一小时的比赛，比赛结束，统计结果，晓明的速度超过了刘素华，但是，还是没有超过最快的王萍萍。

刘素华高兴地对晓明说："晓明的速度真快，看来你是个内秀的人，将来也许适合做内秀的工作。"

这样的比赛结果让王萍萍和刘素华都对晓明刮目相看了，她们都说，真没有想到，看起来虎头虎脑的晓明还能干我们女孩子的活呢！

十、晓明管理"互助小银行", 为同学们服务

怎样才能帮助家庭困难的同学呢？学校免除了他们的学杂费（2.5元），参加很多活动也不收费。何老师还拿出自己的工资为困难同学买些学习用品之类的东西。

有一次开班干部会，大队长刘素华提出了一个建议："咱们班的家里生活条件好一点的同学，有零钱的同学，是不是可以把零钱拿出来，放在一起，帮助困难的同学呢？"

刘素华的提议很快得到了同学们的响应。这个班同学们的生活水平怎么样呢？条件好一些的同学比较少，手上大约有五毛钱左右的零花钱。大多数同学是中不溜的，大约有一毛左右的零花钱。还有五六个同学的家里是非常困难的。比如，像王萍萍那样的家庭。

第一次，有二十多位同学拿出了自己身上的零花钱。多数同学拿了一两毛钱，条件较好的同学拿了三四毛钱，徐利杰是全班家里条件最好的，拿了五毛钱。

全班总共有十多元钱，也不少了，那时的东西很便宜，能买不少东西呢。

晓明的零花钱是怎么来的呢？主要是晓明帮助奶奶买东西剩下的零钱。晓明是大哥，常常帮奶奶到商店买酱油、醋、豆制品、豆腐什么的。如果剩下一点，奶奶就会留给晓明，当零花钱用。

刘素华建议说："晓明同学的算术比较好，由他管理这些钱的事，大家看怎么样？"大家都举手赞成。

从此，晓明开始负责管理这些钱了。其实，这也是刘素华给晓明创造一个与同学们联系的机会，也算为班里做了点工作吧。

于是，晓明找了个专门的本子，把同学们的钱都一笔一笔地记在里面。可是，一大包零钱放在哪里呢？放在教室里不合适，拿回家也不合适。

晓明去问何老师，何老师说："晓明，你把钱存到银行里吧。"

学校周围最近的银行是交道口储蓄所。于是，晓明跑到交道口储蓄所，推门进去一看，这个储蓄所不大，只有一个柜台，柜台的里面有两张桌子和两个服务人员。

让晓明感到新奇的是两个服务人员的中间还有一个很大的可以转的圆盘，圆盘里面有很多格子，每个格子里面有很多卡片。

晓明把一包钱放在柜台上，对一位阿姨说："阿姨好，这是我们班集体的钱，是同学们的零花钱。我们要学雷锋，将来需要的时候好帮助困难的同学。"

储蓄所的阿姨很耐心，把一包零钱认真数了一遍，然后对晓明说："存折上写谁的名字呢？写你的名字吧。"

晓明推辞地说："钱不是我的，不能写我的名字，写我们班的名字吧。"

阿姨说："那不行，银行规定必须有储蓄人的名字。要不然，我在上面写你的名字，然后在空白的地方写上'学雷锋的钱'，怎么样?"

晓明说："那也行吧。"于是，阿姨在那张存折上写上晓明的名字，上面还写了一句"学雷锋的钱"。然后，阿姨把存折递给晓明，又把另一张登记卡片放到那个大圆盘中去了。

这一下，晓明看明白了，原来是这样。大圆盘里的卡片记录着储户各自存折里的钱，下一次再来，两边能对上就行了。

班里的"互助小银行"成立以后不久，中秋节到了。这可是中国的传统节日，北京也挺热闹的。各家各户都开始买月饼，要过中秋节。奶奶说要带着晓明和弟弟看月亮，还说中秋节的月亮是最大、最亮、最圆的。

中秋节的前夕，刘素华召集小干部们开了一个会。

刘素华说："中秋节要到了，咱们班还有几个家庭困难的同学，买不起月饼，你们说，咱们是不是应该给困难同学买月饼呀，让每个同学都能吃到月饼。"

这事晓明第一次听说，有些奇怪，问道："咱们班还有同学在中秋节吃不到月饼吗?"

"有的，只是你们平时不注意罢了。去年，王萍萍家里过中秋节没有买月饼，她也不说，还是我发现的呢。最后，还是何老师买了几块给这些同学的呢。"

赵国平接过话来说道："现在，咱们班里有了'互助小银行'，这一次就买几块月饼吧，不能再让何老师买月饼了。何老师家里也挺困难的。"

"好，好，同意。"大家都同意，委托刘素华和晓明来办这件事。晓明从来没有到商店买过月饼，不知道买什么月饼好，跟着刘素华走了。

安定门大街有几家商店有月饼，晓明跟着刘素华逐个看了一圈，拿着小本子把月饼的价格都记下。他第一次知道，买月饼也是要粮票的。刘素华对晓明说，月饼是粮食做的，当然要粮票了。

怎么办呢？光有钱还不行，还要找粮票去。

晓明回到家里去找奶奶。一进门，晓明对奶奶说："奶奶，咱家的粮票在哪里？给我一点粮票吧。"

那时候，粮票可重要了，奶奶管得特别紧。

奶奶问："你要粮票做什么呀？"

晓明把学雷锋，让每位同学都吃上月饼的事说了一遍。

奶奶听了以后十分心疼地说："这些孩子真可怜，你们班还有这么困难的同学呀，都是谁呀？要不，把咱家的月饼拿几块去吧，也不要用小银行的钱了。"

晓明说："那可不行，这是同学们的心意。从家里拿月饼，与小银行买月饼的意义是不一样的，这是同学们学雷锋，在相互帮助的意思。"

奶奶笑着说："那好，让你们学雷锋，需要多少粮票就拿多少吧。"说完，奶奶翻箱倒柜地找粮票，找了1张1斤的粮票递给晓明。

第二天，晓明拿着1斤的粮票到学校去，和刘素华一起买了几块月饼。怎么送给这些同学呢？这也是一件有技巧的事呢。

刘素华说："咱们不能当着大家的面给月饼，那样不好，这些同学都要面子，怎么好要呢？"

晓明说道："还是委托你送给他们吧。你去年是怎么给的，今年还怎么给，不就行啦？"

刘素华说："那也行，不过，咱们还要告诉何老师一声。"这是"互助小银行"花的第一笔钱。

何老师建议说："可以这么做。不过，事后是不是出一期小板报，把同学们互相帮助的心情表示一下，提倡大家学雷锋做好事，但是，不要把买月饼的事写上。"

后来，刘素华还真的按照何老师的意思出了一期小板报，含蓄地把同学们相互帮助的意思表达了一下。

以后，每个月都有同学给晓明零花钱，但是都不多，一般都是一毛两毛钱的。每当有一两块钱的时候，晓明都要到储蓄所去一次，把钱存起来。

对于"互助小银行"的事，晓明可重视了。但是，用钱的次数不多，只有在遇到重要事情的时候才用一次。每次取的钱也不多，大约都是三五块钱吧。

每到一个比较有意义的日子，刘素华、赵国平和晓明都要开个小会，商量商量，看看能买点什么东西帮助同学。

"互助小银行"的钱也不多，也就是过节的时候买点吃的，平时买点学习用具，如作业本、铅笔、橡皮、文具盒等，但是还买不了大东西。像王萍萍的书包，还是用一位同学哥哥姐姐用过的旧书包。

对于"互助小银行"的事，晓明干得很来劲，觉得自己也为同学们多少出了一点力，风风雨雨，来来回回，也跑了不少趟呢。

时间长了，晓明的存折写满了，不知道该怎么办，银行的阿姨给晓明换了一张新存折。晓明拿过来一看，认真地说："阿姨，您写错了！"

阿姨拿过来一看，说："没有错啊，哪里不对了？"

于是，晓明自信满满地拿出自己的记账本，递给阿姨看："阿姨，您看，应该是这么多钱，写多了。"

阿姨看了以后笑了，告诉晓明："阿姨没错，多的那点钱是利息。"

"是吗？什么是利息呀？"

"小同学，你把钱存在银行，是在为国家做贡献。时间长了，银行会给你一点钱，这点钱是利息。"

晓明这才知道，原来钱这个东西还越存越多呢，真有趣！

这是晓明第一次知道存钱还有利息的事情。晓明开始推想，要是存了很多的钱，一定会有很多的利息，利息多了，还可以多买不少东西呢。

十一、晓明学音乐不入门，吴老师耐心帮助

晓明的音乐老师是吴老师，教了晓明这个班好几年呢。吴老师是一位年轻的女老师，20多岁，大大的眼睛，高挑的身材，浑身散发着青春的活力和激情。她的亲和力极强，与同学们的关系亲密融洽。

吴老师经常对同学们说，音乐不仅是唱唱歌的小事，更是为了使同学们能够"德智体美劳"全面发展，可以培养人的高尚情操。

吴老师还特别告诉同学们，在人的一生中，有音乐陪伴是很愉快、很幸福的，特别是在遇到困难的时候，唱唱歌、听听音乐，心情变好了，能够帮助人从困境中走出来。

晓明很认可吴老师的这些说法，也十分愿意学习音乐。

晓明的家里有一台电子管的收音机。这可是晓明的宝贝，没事就守在收音机前，打开收音机寻找喜欢的节目，很多歌曲都是从收音机中听到的。

但是，每次上音乐课，晓明的内心却有些纠结。因为音乐课并不是跟着老师唱歌那么简单的事情，还要学习很多令人头疼的音乐知识呢。

第一拦路虎是那些乐谱，让晓明头疼，看着很不顺眼。

在晓明看来，那些乐谱跟算术的写法是一样的，本来的1234567，

到了音乐都变了，1 发音 do，2 发音 re，3 发音 mi，4 发音 fa，5 发音 sol，6 发音 la，7 发音 si，还有很多长短高低的音符，要能够看着乐谱唱出歌来才行。

在晓明看来，乐谱比算术麻烦多了，总也弄不清楚是怎么回事。算术写对了就可以，而音乐却不行。

第二个拦路虎是晓明的声音似乎噎在嗓子眼里，发出的声音总是很小。

所以，晓明老是不好意思开口，觉得自己的声音不好听，怕同学们笑话，总觉得自己一开口是在出洋相。

第三个拦路虎是要想唱好歌曲，还需要对歌曲的背景有深刻的理解，要有真情实感的投入，还要有好的表情才行！这不是有点难为晓明这样木讷的小男孩了嘛！

晓明也不明白，为什么自己学习音乐这么笨，那些看似简单的东西为什么总是记不住呢？为此，他感到十分苦恼。

有一次在家里，晓明问妈妈："妈妈，我为什么学唱歌特别费劲呢？"

妈妈说："唱歌要放得开，要大大方方。我在上千人的大会上都敢教唱歌呢！"

晓明问道："是吗？胆子大，放得开就能唱歌吗？"

妈妈十分自信地说："那当然，不信你试试！我没有时间，太忙了，要不然我也能教你唱歌。"

奶奶在旁边听见了，说道："晓明，不用着急。你看，小公鸡学打鸣的时候也是哑嗓子的，发不出声音，等长大了，声音会发出来的。"

"是吗？还有这事？"对于奶奶的说法，晓明有些似信似不信，但是多少也是个安慰，心说，没准自己再过一两年，也会唱歌了呢。

晓明还有一个自己的想法。他觉得音乐这个东西，有天赋的人，一听就会，再也不忘；没天赋的人，听多少次也记不住，一会儿都忘到脑后了；也没准自己也是个缺乏音乐天赋的人呢。

好在音乐课不是主课，也没有成绩，并不影响晓明在全班的排名。

吴老师对晓明这样不开窍的同学是很耐心的，每次上课都反复地讲解和示范，一个同学一个同学地进行细致的辅导。

吴老师负责好几个班，一个人忙不过来，于是，她想了不少的方法来帮助晓明这样的同学。吴老师的主要方法是成立音乐小组，让同学们之间相互帮助。

吴老师让那些音乐好的同学当组长，帮助差一些的同学。这样一来，不上音乐课的时候，同学们也可以利用方便的时间来复习音乐知识了。

吴老师说，音乐需要多熏陶、多练习、多感觉，慢慢就会了，一点也不难，学会了，一辈子都会快快乐乐的。

那时候，同学们也没有什么乐器可以练习，仅凭每星期一次的音乐课时间学习和练习。所以，有些同学的进步速度还是很慢的。

有一次，吴老师把晓明单独叫到一个角落里，让晓明唱歌，亲自听一下。

吴老师听了以后说："你唱歌挺好听的，就是声音太小了。我看你干别的事胆子挺大的，为什么唱歌的胆子这么小呢？多锻炼锻炼，你一定能够学好音乐！"

晓明觉得吴老师说得很有道理，对自己的信心也增加了很多。

但是，晓明的声音似乎被憋在嗓子眼里，发不出来，声音像蚊子在哼哼，旁边的人都听不清。

晓明学音乐，可真费劲！

不过，音乐是"会者不难，难者不会"的事。

王萍萍学音乐是最好的，唱歌也特别好听。王萍萍要是跟晓明相比，一个在天上，一个在地下。

学校举办联欢会时，晓明这个班还排演了一个小合唱，由王萍萍担任领唱，获得了全校师生的热烈掌声。这个时候，晓明只有坐在台下羡慕的份了。

王萍萍是一个音乐互助小组的组长，对每个与自己同桌的同学都耐心帮助。有一次调座位，王萍萍和晓明同桌了。

吴老师找到晓明说："晓明，你到王萍萍的那个小组吧，你们同桌，相互帮助更方便。"

晓明听了赶紧回答："好，好，好。"

晓明回到座位一看，王萍萍正等着他呢。于是，晓明鼓起勇气说："刚才吴老师说，我分到你们音乐小组了，让你帮助我呢！"

王萍萍笑了笑说："吴老师不是这么说的，老师说让咱们互相帮助，你说得不对。"

晓明说："那是吴老师说错了，我哪能帮助你呢。"

"行了，都一样，咱们还是复习一下音乐课的知识吧。"

说完，王萍萍拿出笔记本，一点一点地跟晓明复习音乐。

音乐课怎么复习呢？就是一边看，一边唱呗，不发声音怎么行呢？

别看王萍萍平时的话不太多，但是说起音乐来可是滔滔不绝、神采飞扬的。

王萍萍唱一句，让晓明也跟着唱一句。可是，晓明的声音好像是蚊子一样，在嗓子眼儿里发不出来。

王萍萍听不清楚提示晓明："你的声音太小了，这样学不好音乐，你要放开嗓子才行。"

晓明清清嗓子，大声唱了一下，结果尴尬了，越想大，声音越小，越哑嗓。

王萍萍觉得很奇怪，问道："晓明，你是怎么搞的，怎么发不出声音呢？胆子大一些就行！"

晓明憋了半天，声音还是哑的，被王萍萍逼得没有办法，不知道说什么好，突然想起奶奶的话，于是冒了一句："我像小公鸡学打鸣，正哑嗓呢！"

"你说什么？你是小公鸡学打鸣？哈，哈，哈！"这一下把王萍萍笑坏了。"我不信，我不信，那为什么别的同学不这样呢？"

晓明被问得哑口无言。

最后，还是王萍萍有办法，她对晓明说："这样吧，你先小声跟我学，没准再过几个月，练习练习也行呢。"

以后，王萍萍经常会告诉晓明一些学习音乐的小窍门，还让晓明跟着她一起唱吴老师教唱的歌曲。

但是，晓明的声音还是在嗓子眼里。一般情况下，王萍萍在前面教唱歌，晓明在后面跟着哼歌。经常出现王萍萍唱一句，晓明忘一句的尴尬现象，而且还常跑调。

于是，王萍萍还让他复习过去的音乐知识，帮助晓明怎样练声、怎样看歌谱，说得非常细致，反反复复地纠正不对的地方，又严肃、又耐心。晓明觉得，自己要是学不好音乐，不仅丢人，也对不起人家王萍萍。

看来，音乐这个东西熏陶熏陶还是很管用的。在王萍萍的帮助下，渐渐地，晓明终于从一个音乐盲，开始有进步了，看歌谱顺溜多了，能够比较自然地开口唱歌了，声音也大多了，就是感情表达方面还不行。

对于晓明来说，能唱出声来已经很不错了，哪里还顾得上什么感情呀。

最后，晓明达到了什么水平呢？

简单地说，晓明可以跟着同学们大声地唱歌了。对于那些会唱的歌曲，他也能凑合着把歌谱唱下来，最重要的是唱歌的时候基本上不跑调了。

晓明对自己的进步还是很满意的，总算能够跟着大家一起大合唱，不会被排除在外了。不要小看大合唱呀，学不会也是不能参加的，你跟大家唱得不一样，老跑调，会对整体有破坏效果。

当然，晓明的这个水平是没法跟人家王萍萍比的。晓明觉得，像王萍萍这样有音乐天赋的同学，将来即使不当音乐家，当个音乐老师也是没有问题的。

在晓明看来，学习音乐的这几年，自己的进步是来之不易的。有了这点音乐知识，晓明也能跟着收音机学唱歌了。

以后，晓明都是先跟着收音机学唱歌，然后再看点简单的歌谱。虽然没有真正学会阅谱，不过也够自己凑合着跟唱了。

在上音乐课的时候，吴老师经常穿的是淡雅风格的衣服。吴老师很会调动同学们的情绪，经常让大家唱歌唱得热血沸腾，情绪激昂。

吴老师教了同学们很多歌曲。如《我们是共产主义接班人》《少年先锋队歌》《让我们荡起双桨》《学习雷锋好榜样》《我们要做雷锋式的好少年》等。

每次要上音乐课前，同学们都非常期待，大家经常讨论吴老师要给大家带来什么好听的新歌曲。学唱歌的时候，同学们都非常高兴、非常愉快，极大地丰富了同学们的校园生活。

十二、晓明和同学们讨论电影
《小燕子》和《宝葫芦的秘密》

晓明是一个电影迷，什么电影都爱看，最喜欢看打仗的电影。

在寒假和暑假期间，晓明常会带着弟弟去看电影。这时候，妈妈都会给晓明一点钱。

让晓明最提气的电影是《上甘岭》。最重要的原因是晓明的爸爸也入朝作战了。爸爸是千万志愿军的一员，这让晓明十分骄傲。

看到志愿军战士在上甘岭打退了美国军队的进攻，晓明就会想到，爸爸也在朝鲜，也是那些英雄战士中的一员，真不简单，感到非常自豪。晓明还非常喜欢电影歌曲《我的祖国》，每次听到都感到十分的优美、感人、鼓舞人心。

晓明感到最憋屈的电影是《甲午风云》。在中国海军实力与日本差不多的情况下，即使邓世昌和水兵们都十分英勇，驾驶军舰撞沉"吉野"，不幸被鱼雷击中而牺牲，结果还是败得那么惨！战败后，中国割地赔款，成了被列强宰割的羔羊。

晓明看的次数最多的电影是《地雷战》。也不知道为什么，晓明看了 10 次也不烦，总觉得很有意思。特别是那个日本鬼子军官，趴在大地雷上，吓得魂都掉了！

电影《小燕子》和《宝葫芦的秘密》引起了晓明和同学们的热烈讨论。

对于《小燕子》的讨论

《小燕子》是一部动画片，讲的是一只老燕子和小燕子的故事。老燕子把小燕子喂养得差不多大的时候，不管小燕子了，要让小燕子自己去找吃的。小燕子风里来雨里去，千辛万苦，才找回一只小小的虫子，最后还被老燕子给丢弃了，急得小燕子哇哇大哭。

老燕子的这种行为让有些同学不理解。有的同学说，那只老燕子应该等小燕子长大了，再让它自己去找虫子吃。小燕子这么小出去找虫子，太可怜，太危险了。要是找不到小虫子，小燕子不就饿死了吗？

有些同学认为老燕子是对的，应该让小燕子出去经风雨见世面，小燕子要是不在小的时候出去锻炼，养成不劳而获的坏毛病，一辈子也学不会找虫子了，老燕子一死，小燕子不就饿死了吗？

究竟哪些同学说得对呢？同学们请教了何老师。

何老师说："《小燕子》是一部小动物的电影，但是其中的道理是很深刻的，反映了很多问题。它告诉我们一个道理，小燕子必须要在小的时候开始学习捉虫子的本领。这是因为燕子学会捉虫子的本领需要一个长期锻炼的成长过程，在这个过程中，燕子的翅膀才能变得坚强，捉虫子的技巧才能熟练。如果不在小的时候去学习捉虫子，让小燕子长大了再去学，那就晚了，来不及了，飞也飞不动，捉也捉不着，如果小燕子全都饿死了，这个物种会灭亡的。"

何老师继续说道："这与同学们现在要上学读书的道理是一样的。大家想一想，同学们为什么要在 7 岁的时候上学呢？学校为什么要培养'德智体美劳'全面发展的劳动者呢？这是因为人的品德、知识和技能都需要从小开始学习和培养。如果错过了少年的宝贵时期，长大以后再想学习，困难要大得多，甚至学不会了。"

"是吗，原来是这样！"这让晓明很吃惊。

"大家看，在旧社会的时候，很多穷人家的小孩是没有机会读书的。长大以后，到了新社会，他们要一边工作一边补习文化，那是非常困难的，很多人只能达到识字的水平。"

同学们明白了，原来老燕子让小燕子自己出去找小虫子不是狠心，而是对小燕子负责任，是对小燕子最大的爱呀。

何老师的话匣子打开了，说得更激动了，他问同学们："同学们，你们听说过八旗子弟吗？八旗子弟与《小燕子》的道理是类似的。"

晓明和同学们都摇摇头，都要求何老师讲讲八旗子弟是怎么回事。

于是，何老师为大家讲了八旗子弟的故事。

何老师说："同学们都去过颐和园，都知道中国最后一个朝代是清朝。

八旗是清朝旗人的社会生活军事组织形式。这是清朝的根本制度，最多时有 20 多万人。他们的后代被称为八旗子弟。

本来，八旗军队的战斗力是很强的，在清朝建立的过程中发挥了重要作用，但是，也使清朝最终走向了衰败没落的道路。

这是因为，这些八旗子弟倚仗祖辈有军功，他们都不劳动、不练武，一天到晚吃喝玩乐，游手好闲，好逸恶劳，沾染恶习，腐化沉沦。

最后，八旗子弟既不能打仗，也不能劳动，什么生存技能也没有，成了中国社会的大寄生虫。我在小的时候也见过很多的八旗子弟。

同学们看一看，这些八旗子弟把江山都丢了，老百姓生活在水深火热之中。大家说一说，《小燕子》这部电影的道理是不是很深刻呀！"

对于《宝葫芦的秘密》的讨论

《宝葫芦的秘密》是小学生王葆的故事，但是却让晓明感到很奇异。

刚听说《宝葫芦的秘密》这部电影的时候，同学们都觉得挺新鲜，都以为这部电影是个神话电影，大概与《神笔马良》比较类似。马良想要什么，就画什么，什么就来了。

大家以为，宝葫芦也是要什么有什么的故事。如果想要一支小手枪，宝葫芦会变出一只小手枪；想要小人书，也能变出一本小人书。只要喜欢什么，跟宝葫芦一说，宝葫芦马上会把这个东西给变出来，真好玩！

大家都希望能够早点看到这部电影，想看看那个宝葫芦里面究竟有什么秘密。

很多同学想看《宝葫芦的秘密》，可是自己却买不到票，需要学校报名订票才行。好不容易，学校给大家订了票，晓明和同学们终于能够看到这部电影了。但是，看过这个电影以后，却引起了晓明的很多想法和思考。

晓明感到这部电影很奇怪，怎么会是这样的故事呢？与神话故事的差别太大了，让人感到很迷惑。

电影的主人公是一个叫王葆的小学生。王葆跟宝葫芦说想要什么东西，宝葫芦都会给他变出来。

考试的时候，王葆不会做算术卷子，怎么办呢？王葆去问宝葫芦，宝葫芦便偷偷地把别的同学卷子移动到王葆的桌子上。

王葆在商场看到喜欢的玩具，那些玩具便从商店飞到他的家去了。可是，这些玩具并不是宝葫芦自己变出来的，而是通过一个"秘密神奇"的方法转移到王葆家里去的。

所以，宝葫芦并不是把没有的东西变出来，而是通过"秘密神奇"的、"似乎合理"的方法，把别人的东西转移给王葆了。

王葆对宝葫芦说："这不是小偷吗？这不是偷东西吗？"

宝葫芦不承认，说自己不是偷东西，自己没有偷，而是通过"秘密神奇"的、别人不知道的办法搬过来的。

原来宝葫芦的"秘密"方法是不能告诉人的"不劳而获"的秘密！

晓明认为，宝葫芦是以别人失去"这个东西"为代价的。宝葫芦通过"秘密神奇"的方法，把别人的东西搬到自己这儿来，别人不知道，还不犯法。《宝葫芦的秘密》讲的是这么一个离奇的故事。

有的同学说，《神笔马良》和《宝葫芦的秘密》都是神话，不是真的，没有什么大的区别。

有的同学认为，《神笔马良》是神话故事，而《宝葫芦的秘密》却不是神话故事。因为，世界上的确存在"不劳而获"的事情，是用某种"秘密"方式把别人的劳动成果归自己所有。

晓明问何老师，社会上为什么会存在《宝葫芦的秘密》这样的事呢？

何老师回答说："《宝葫芦的秘密》那样的事在我们社会主义国家是见不得阳光的，大家都是通过劳动生活。但是，在旧社会，不劳而获的现象却是大量存在的，地主和资本家通过剥削手段获得社会财富，而劳动人民累死累活却过着牛马不如的生活。"

《宝葫芦的秘密》说明了什么呢？说明在这个世界上存在一种现象，某些人可以通过一种"秘密神奇"的方式把别人的劳动成果转移到自己这儿来。并且，这种转移是以别人失去劳动成果为代价的。这就是宝葫芦的真正"秘密"。

神话故事是通过神话的方式来满足人们的理想，像《人参娃娃》和《神笔马良》都是这个意思，都是通过一种神奇的方法把人们需要的东西变出来，但并不是把现实社会当中别人的劳动成果搬家，搬到另一个地方去。

《宝葫芦的秘密》说的故事在现实的生活中是真实存在的。所以，《宝葫芦的秘密》的意义是很深刻的。

十三、奶奶给晓明讲老家的故事

晓明的爸爸平时很少回家，妈妈白天上班，要到晚上才能到家。白天，照顾晓明和弟弟生活的事主要靠奶奶。

奶奶有80多岁，是一个农村的小脚老太太，十分勤劳，家务活都包了。什么做饭、洗衣服、生炉子，奶奶都会做。

最让奶奶自豪的是她还会做针线活。奶奶经常夸耀自己："我80多岁了，耳不聋，眼不花，还能做好多花样的针线活。"

但是，奶奶的头发都白了，掉了不少头发，牙也没有多少颗了。奶奶手臂上的肉很松弛。晓明和弟弟经常去摸一摸，还很奇怪地问奶奶："奶奶，您胳膊上的肉为什么会耷拉下来呢？"

奶奶笑着告诉他们："人老了，都是这样的。"

奶奶在全院的人缘特别好，经常到前院、中院和后院的邻居家里去串门。全院的老老少少都喜欢奶奶。大家都说奶奶是一个有福的老太太呢。

奶奶没事常会给晓明和弟弟讲故事。讲什么呢？主要是讲老家的故事。

咱们家是八辈子的贫农

奶奶跟晓明和弟弟说："咱们老家那个地方在海边，还有几条河经过，到处是芦苇，可以从村子划船到大海里去。咱们家祖祖辈辈都是贫农，可以说是八辈子的贫农了。一年收的粮食只能吃半年，过的是糠菜半年粮的日子。"

晓明问："剩下的那半年怎么办呢？是吃野菜吗？"

奶奶总是笑着回答："哪能光吃野菜呢，我们有两只手，什么都能干。你爷爷和大爷们还要去捞鱼，抓螃蟹，打野鸭子。幸亏咱们老家那个地方有那么多的鱼、螃蟹和野鸭子呀。"

奶奶说："咱们家里太穷，你爸爸从小没有穿过衣服，只得跟着他的哥哥去捡粪。可是，你爷爷不甘心，全家省吃俭用也要让你爸爸去上学。他说，咱们穷人家的孩子只有读书识字，将来才有出路，祖祖辈辈才有希望，要不然，就是被地主老财坑死了，也是屈死鬼。你爸爸也争气，读书刻苦，总得第一。"

晓明问道："我爸爸上学的时候几岁了，也是 7 岁吗？"

奶奶说："不是，你爸爸 9 岁才去上学，上到高小就不去了。"

"什么是高小？"晓明没有听说过。

奶奶回答说："我也说不好，总之上了 5 年学，家里供不起退学了，大概学会了识字和算账吧。不过，这对我们老百姓家的孩子已经很不错了，能识字，能算账，就行了，还要学什么呢！只有地主老财的孩子才能上县城里的中学，咱们那个村也没有几个孩子去县城上中学。"

"你爸爸学习刻苦，成绩很好，总是拿第一。你爸爸还是个孩子王，经常带着一大群孩子到处跑。"

奶奶说："你爷爷不甘心一辈子受穷，他和你大爷到村外的野地去开荒。用了好几年的时间，他们才在离村子几里的地方开了几亩地。从那以后，咱们家搬到村外自家地边去住，不用租地主家的地，生活也好一点了。"

咱家是八路军的联络点

奶奶说："有一年，日本鬼子来了。日本鬼子可厉害了，杀了很多人。咱们家所在的地区是游击区，白天是日本人和汉奸的天下，晚上是八路军的天下。那时候，村子里的日本鬼子、恶霸地主、汉奸横行霸道，想杀人就杀人，想抄家就抄家，老百姓每天都活得心惊肉跳，不知道什么时候就大难临头了。"

"你大爷是共产党员，咱家是八路军的一个联络点。经常有八路军和干部到咱们家里来，我还给他们做饭、放哨，也算是为抗日做了点工作。"

"有一次，我还出了个笑话呢。那一天傍晚，天有点擦黑了。我正在咱家的大门口放哨。大老远的，我看见有一个队伍走过来了。我还以为是八路军呢，也没仔细看看，就热情地过去招呼道：'同志们来了，赶紧进屋休息吧！'哪里知道，等这队人走近了，我一看，怎么头上都还戴着钢盔呀，闪闪发光！原来是日本鬼子！这可把我吓坏了，浑身哆嗦起来，迈不开步，说不出话了。"

"好在这些日本鬼子中没有翻译，他们不懂我说的话，只是哇哇地说着什么，手乱指什么。我看他们的意思是问到村子的路怎么走，赶紧给他们指路，让他们朝着村子的方向去了，惊出了我一身大汗呀！"

爸爸参加八路军

奶奶讲得最多的是爸爸参军的故事。

晓明也常想："是呀，为什么爸爸那么小就要去参加八路军呢?"

奶奶说："你爸爸实在是忍不了日本鬼子和汉奸的气，才去找八路军的。我听说你爸爸要去找八路军，立刻吓坏了。那时候，谁知道是怎么回事呀，就是害怕啊！"

"你爸爸跑了好几次呢，都让我给追回来了。有一次，我追到一座大桥上，拉你爸爸回家，你爸爸说什么也不回来。我就说，你要是不回家，我马上从这里跳下去！你爸爸怕我真的死了，只得跟着我回家了。"

晓明禁不住问道："奶奶，您真的会跳河吗?"

奶奶笑道："哪能呀，我吓唬吓唬他。可是，你爸爸还是偷偷地跑了。当时，全家谁也不知道他跑到哪里去了，也不知道去干什么了！我和你爷爷想送点东西给他，也不知道送到哪里去。"

奶奶继续说："你爸爸一走就是好几年，什么消息也没有。那几年，我经常到那座桥上去，站在桥上流眼泪，惦念你爸爸，不知道他是活着还是死了。"

晓明继续问道："后来呢?"

奶奶说："后来出大事了！不知道哪个坏人把你爸爸当八路军的事告诉汉奸了。有一天，一群汉奸闯进咱们家，一进门就翻东西、砸东西，还把你爷爷和大爷都抓走了！"

"这还了得？进了汉奸的村公所，人就没命了！我赶紧把全家的钱都找出来，到处找人送礼，到处磕头，把头都磕出血了！"

"幸亏你爷爷平时的人缘还不错，最后找了一些有面子的人，到底还是把你爷爷保出来了。你爷爷差一点就被汉奸打死了。他在家里养了半年的伤，走路还不利落呢。"

晓明十分气愤地说："那时候的地主汉奸为什么那么坏？真的是想杀人就杀人吗？"

奶奶说："那时候的老百姓是棵草，谁踩都行，这是我们的命啊！我真的没有想到，老百姓还有翻身解放的一天，我还以为就那么窝窝囊囊地过一辈子呢。感谢共产党，感谢毛主席！我这个穷老婆子也有今天！"

还乡团比日本鬼子还厉害

奶奶说："日本鬼子投降以后，国民党的还乡团回来了。还乡团比日本鬼子还厉害呢！杀的人太多了，数都数不过来。我们那地方，有好几个村子的人全都被还乡团给杀光了！"

晓明十分惊异地问："那为什么呢？"

奶奶说："因为这几个村子的老百姓把地主恶霸的土地和财产都分光了。所以，地主恶霸勾结国民党军队血洗了这几个村子。有一个还乡团的头子，一个人就亲手杀了好几百个老百姓。后来，这个坏蛋被解放军抓住了，解放军要开大会枪毙这个坏蛋。可是，开大会的时候，上千的老百姓都不答应，说什么都不让枪毙这个坏蛋，非要把这个坏东西千刀万剐不可。"

"最后怎么样了呢？"晓明问。

奶奶说："最后，红了眼的老百姓还是把那个坏东西抢走了。听说，那个坏东西临死的时候说，你们把我千刀万剐，我也够本了。"

"这是什么意思呀？"晓明十分不解地问道。

奶奶说："这就是说，这个坏蛋杀的人太多，每个老百姓都给他一刀，也不如他杀的人数量多！你看看，这个坏蛋是不是杀人魔王！"

"那么，爸爸是什么时候回家的呢？"晓明继续问道。

奶奶说："三年以后的一天，我正在地里干活，突然，远远看见你大爷跑过来了。他一边跑一边喊，老儿子回来了！我一听，顿时觉得眼前一晃一晃的，好像在做梦。这三年，我以为你爸爸早就死了，要不然，为什么三年都没有一点消息呢！"

"我赶紧跟着你大爷跑回村里。一进家门就看见你爸爸了。当时，你爸爸看见我就扑了过来，抱着我号啕大哭起来。我也跟着大哭起来，哭的都要晕过去了！还是你爷爷赶紧过来使劲地劝我，我才缓过气来！"

"我使劲地拍你爸爸的头说：'我的儿呀，妈妈以为你死了，怎么不捎个信来呀？'你爸爸说他捎信了，但是都没有捎到。你爸爸回来以后，全村的乡亲都来祝贺这件大喜事。那些年，咱们村有好几个人跑出去参加八路军，只回来你爸爸一个人！"

奶奶讲的这些老家故事，给晓明留下了深刻记忆。晓明常想，什么时候自己也有机会回老家去看看。

十四、晓明和爸爸的故事

为什么爸爸不回家过春节？

春节是小朋友们最高兴、最盼望的节日，不仅有很多好吃的，有新衣服，学校还组织演出节目呢。

晓明最喜欢放鞭炮，买了鞭炮也舍不得一次都放光了，还要和弟弟保留很长时间。

有一次春节，晓明把鞭炮藏在小屋的床底下，想以后慢慢放着玩。但是，鞭炮存放的时间太长了，竟然受潮都不响了，让晓明十分失望。

晓明觉得，爸爸已经有好几个春节没有回家过年了。

看到别的小朋友的爸爸春节都回家过年，晓明心里很羡慕，心想，春节的时候，爸爸跑到哪里去了呢？

有一次，爸爸在春节以后才回到家里。

晓明就问爸爸："爸爸，您为什么不回家过春节呢？上哪去了？"

爸爸说："我们的部队分布很广。我每年都有半年的时间在机关，有半年的时间要下连队去蹲点。我们部队还有很多站点，都在高高的山上，战士们一年四季都不下山，连喝水、吃菜都十分困难。所以，过春节的时候，我要选择一个站点，到山上的站点和战士们一起过春节。"

原来是这样，晓明明白了。

爸爸又说："那些战士非常可爱，他们知道我要去他们的站点以后，就事先打听好准确的时间，好去接我。有一次，我到最艰苦的一个站点去过春节，吉普车也开不上去，要走十几里的山路才能到山上的站点。于是，战士们专门下山，跑十几里的山路来接我，他们都非常的热情，帮我把背包一直背到山上。"

晓明说："那些战士真好，爸爸辛苦了！"

爸爸说："我不辛苦，辛苦的是那些战士，冬天天寒地冻，夏天烈日炎炎，常年寂寞难耐。但是，为了保卫祖国，他们不怕艰苦，我不过是春节看看他们而已。咱们解放军讲究的是官兵一致，大家来自五湖四海，为了一个共同的革命目标走到一起来了。干部和战士之间都要互相关心、互相爱护、互相帮助，所以，咱们解放军才有战斗力。"

爸爸接着说："不论是红军时期、抗日战争、解放战争还是抗美援朝，咱们解放军都是以弱胜强的。特别是抗美援朝，美帝国主义那么强大、武器那么先进，咱们也不怕。那时，我就在朝鲜，白天的时候，天上都是美国飞机，咱们志愿军还不是照样把他们从鸭绿江赶到三八线去了。"

爸爸的兴致越来越高，把话匣子打开了，他说："我每走一个连队和站点都不是白去的，要为战士们解决一些生活困难才行，尽量改善他们的生活条件。什么修路、种菜、养鸡、养猪，我们都干，关键要和当地的老百姓搞好团结，军民团结了，事情就好办了。这种事战士们自己往往不好意思说，我们当干部的要主动地为他们多想办法。"

爸爸说："有一个站点，我去一看，连喝水都很困难，每天需要到很远的地方去挑水。我让技术人员到当地考察，看看是不是有打井的条件。技术人员考察回来说，可以打一口井，但是要占老百姓的地才行。怎么办呢？又要打水井，又不能让当地的老百姓受损失，该怎么办呢？"

晓明继续追问："是啊，那可怎么办呢？"

爸爸笑了，对晓明说："你别着急嘛，听爸爸说。我们解放军有三大纪律八项注意，是不拿群众一针一线的。"

晓明立刻想到了那支"三大纪律八项注意"的歌曲。

歌中唱道：

> 革命军人个个要牢记，三大纪律八项注意。
>
> 第一一切行动听指挥，步调一致才能得胜利。
>
> 第二不拿群众一针线，群众对我拥护又喜欢。
>
> 第三一切缴获要归公，努力减轻人民的负担。
>
> 三大纪律我们要做到，八项注意切莫忘记了。
>
> 第一说话态度要和好，尊重群众不要要骄傲。
>
> 第二买卖价钱要公平，公买公卖不许逞霸道。
>
> 第三借人东西用过了，当面归还切莫遗失掉。
>
> 第四若把东西损坏了，照价赔偿不差半分毫。
>
> 第五不许打人和骂人，军阀作风坚决克服掉。
>
> 第六爱护群众的庄稼，行军作战处处注意到。
>
> 第七不许调戏妇女们，流氓习气坚决要除掉。
>
> 第八不许虐待俘虏兵，不许打骂不许搜腰包。

遵守纪律人人要自觉，互相监督切莫违反了。

革命纪律条条要记清，人民战士处处爱人民。

保卫祖国永远向前进，全国人民拥护又欢迎。

对于这支歌，晓明是很熟悉的。爸爸妈妈经常哼唱这支歌，收音机里也经常播出这支歌，电影里也有，晓明慢慢就听会了。

想到这里，晓明问道："你们是花钱买这块地吗？"

爸爸说："那可不行，土地都是国家的，是不能随便买卖的。所以，我去找当地的公社领导谈了谈，把我们部队一块地与他们的地做了交换，结果水井打成了，不但解决了战士们的喝水问题，还可以种菜、养鸡、养猪，生活条件大大改善，战士们可高兴了。"

爸爸接着说："当地的一位老大爷跟我说，解放前，这个地方是住国民党军队的。晓明，你知道国民党军队是怎么做的吗？"

晓明想一想，说："不知道，反正他们不会打井的。"

爸爸说："很简单，国民党军队让当地老百姓每天挑水送来就行了，一分钱也不给。而且，当地的老百姓要是挑的水少一点、慢一点，那就不得了，非抓人抄家不可！

当地的老大爷跟我说，咱们解放军才是老百姓的队伍，不但不让老百姓挑水，还自己打井，让老百姓用这口井的水来浇灌庄稼。解放前，别说贫苦的老百姓了，连有些富裕大户也怕国民党军队，换了一拨又一拨，每换一拨军队都要让当地的富裕大户和老百姓给他们上贡，搞得有些富裕大户都难以应付，贫苦的老百姓当然更苦了。有句顺口溜说'连长，连长，半个皇上，大炮一响，黄金万两'。当个小小的连长就这样欺负咱们老百姓，老百姓怎么能拥护他们呢！"

爸爸在朝鲜是干什么的？

有一次，晓明问爸爸："爸爸，您在朝鲜干什么呢？打死过敌人吗？"

爸爸回答："没有，我没有打死过敌人。"

晓明十分奇怪，继续问道："那您在朝鲜是干什么的呢？"

爸爸回答道："我在朝鲜的时候，美国用原子弹吓唬我们，想让中国投降。我的工作是保家卫国，让咱们的祖国不受美国的威胁。"

晓明十分好奇，继续问道："原子弹是什么？很厉害吗？"

爸爸说："原子弹还是很厉害的。第二次世界大战的时候，日本不投降，美国给日本本土扔了两颗原子弹，炸死了好几十万人，两个城市也都被炸成了平地。"

"美国以为，他们有原子弹就可以把中国吓倒了，可是我们中国不怕。不仅不怕，我们中国也要制造自己的原子弹呢。"

晓明高兴起来了，问道："爸爸，那咱们中国什么时候才能有原子弹呢？"

爸爸说："造原子弹是很不容易的，不仅要花很多钱，还需要很多尖端的科学技术才行呢。你看，现在全国人民都在艰苦奋斗，节省每一分钱，支援国家，早日造出中国的原子弹。这样，咱们中国就不怕美国的威胁了。"

是呀！晓明很想看看原子弹是什么样的，与电影里的炸弹究竟有什么不一样。

于是，晓明开始搜集原子弹的资料了。可是，晓明跑到图书馆，查了半天也没有什么原子弹的资料和照片，很失望。

图书馆的老师告诉晓明，中国的原子弹是要保密的，怎么会在图书馆里看见呢？

原来是这样。晓明不再失望了，心说，什么时候中国的原子弹成功了，就可以见到原子弹的图片了。

十五、爸爸妈妈学习时传祥

晓明早就在课堂上听何老师讲过时传祥的故事了。

何老师告诉同学们，1959 年全国"群英会"期间，刘少奇主席接见了北京清洁工人时传祥，这对全国的普通劳动者都是巨大的鼓舞。

何老师还把《人民日报》刊登的刘少奇与时传祥合影的大照片拿到教室里，让同学们都看了看呢。

有一天，晓明回家，走进院子看见很多大人围在一起看报纸。大家一边看还一边感叹："新社会不一样了，市长这么大的官也去掏大粪了，老百姓的地位真的提高了，平等了！"

晓明伸过头一看，原来报纸上刊登的是北京市的副市长万里、崔月犁到崇文区环卫三队"时传祥班"参加劳动的新闻。

新闻报道：万里副市长、崔月犁轻装简从，来到现场抄起工具，便跟着时传祥学习掏粪、背粪。时传祥手把手地教他们如何挎肩，前腿弓、后腿绷，挺直身站起来，走路迈碎步……

万里副市长得到了真传，果然轻松地背起了粪桶，他既谦虚又风趣地说："老时同志，我是你的第一大弟子嘛！"

市长到"时传祥班"参加劳动的消息不胫而走，迅速在社会上引起轰动。

"时传祥班"一下子热闹起来了，北京市的很多解放军、大学生、歌唱演员、各行各业的人纷纷跑来向时传祥拜师学掏粪、背粪。最后，连德国、法国、英国、日本、加拿大的外宾都来了……

当时，晓明的爸爸妈妈也参加到这个热潮中去了。

有一次，爸爸一回家就和妈妈商量第二天学时传祥的事。晓明在旁边听到了，也想跟着看看。但是，爸爸不让晓明去，说太脏了，小孩子也帮不上什么忙。可是，晓明还是不甘心，社会上这么热闹的大事，要是不去看看，太可惜了！

第二天，爸爸妈妈出门去了，晓明悄悄地跟在后面，想亲眼看看爸爸妈妈学时传祥是个什么情景。

那一天，爸爸妈妈穿的是旧军服，为了干活利索，腰上还系着皮带。他们先到安定门城楼东侧的一排瓦房里（清洁队）报到，领了一个粪桶、一个粪勺、一把笤帚，然后，他们站在一辆大粪车后踏板上，跟车回到胡同挨家挨户掏大粪。

爸爸妈妈开始掏粪了，晓明悄悄地跟在后面看。

爸爸妈妈是一起掏大粪的，他们互相帮助，干得又好又快，不弄脏地面，都是一起进一个院子，干完以后，再进另一个院子。

晓明怕妨碍爸爸妈妈的工作，也不跟着他们进入院子，而是在门外远远地看。

有的院子是一个厕所，有的院子是两个厕所。爸爸妈妈要等没人如厕时才能进行工作。

爸爸妈妈受到胡同居民们的热烈欢迎，大人小孩出来了一大堆，对爸爸妈妈笑脸相迎，十分热情。他们都知道爸爸妈妈是干部，是来学习时传祥的。

爸爸妈妈干得很快，背着大粪桶出出进进，后面跟着好多孩子嬉笑着看热闹。爸爸妈妈干得很带劲，一点也没有怕脏怕累的样子，总是高高兴兴的。

其实，这个胡同的小孩不少都是晓明学校的同学。他们都认识爸爸妈妈，但是爸爸妈妈却不认识人家。而且，有些小孩还是晓明一个班的同学呢。

晓明远远地跟着看，想看看有没有认识的同学发现爸爸妈妈来学时传祥了。

果然，有几个熟悉的同学也跟在爸爸妈妈的后面。晓明一看，太巧了，正好齐中石也在爸爸后面指指点点地说笑呢。

齐中石发现了远处的晓明，就跑到晓明跟前问："你爸爸不是解放军吗，怎么今天也掏大粪呀？"

晓明说："他们在学习时传祥呢。"

爸爸妈妈挨家挨户地走了整个胡同，然后背着人粪桶走到胡同口的外面去了。

晓明跑到胡同口外面一看，爸爸妈妈没影了。晓明猜想，爸爸妈妈一定是去找大粪车了吧。

大约到了中午，爸爸妈妈才回到家里。

晓明在农场的时候见过妈妈干重活，挑着担子喂猪，一上午跑很多趟呢。但是，晓明没有见过爸爸干重活，于是问爸爸："爸爸，学时传祥累不累呀？"

爸爸说："我不累，只是背这种大粪桶有些不习惯。"

晓明又问爸爸："掏大粪脏不脏呀？"

爸爸说："不脏，我从四五岁就背着粪篓拾粪了，每天还要去拾柴，下河摸鱼呢。"

过去，晓明觉得掏大粪还是挺脏的。他家院子里有一间厕所，要不了多久，总会有工人来掏粪，满院子都是大粪的味，可熏人了，不少人都捂着鼻子从他们身后跑过去。

但是，从此以后，晓明和弟弟对掏粪工人的态度发生了很大的变化。很奇怪，人们的思想变了，大粪那股熏人的气味似乎也不大了。

有一次，一位年纪大的老工人来掏粪，晓明搬了一张凳子让他坐一坐，歇一歇。奶奶还倒了一碗水，让弟弟送给年纪大的掏粪工人。

那位老工人说："我这活脏啊，不能用你们的碗喝水的。"

后来，弟弟一定要他喝水，他推辞不过，就接过碗，坐在凳子上，一边喝水，一边说："这活我干了一辈子，旧社会没有人看得起啊。新社会变了，真的不一样了！"

老工人喝完水，把碗递给弟弟，说："谢谢你，小朋友！"说完，老工人背起大粪桶，向晓明和弟弟招招手，微笑着走了。

新中国成立后，老百姓的社会地位大大提高了。不论干什么工作，只要是社会需要的，只要干得好，都会受到人们的尊重和认可，再也不像旧社会那样受人欺负了。这是老百姓翻身解放以后的最大感受和体会。所以，很多老百姓才会说，翻身不忘共产党，幸福不忘毛主席！

十六、晓明在小人书店看到四大名著

晓明的学校是下午三四点放学，还有一个多小时干什么去呢？小人书店是晓明常去的一个地方。

首都图书馆的小人书比较少，晓明都看过了，所以他常到安定门内大街的小人书店去看小人书。

安定门内大街有两个小人书店，晓明都去过。看什么书呢？主要是打仗的、古代的、现代的、抗日的、解放战争的、抗美援朝的、外国的，解了不少闷，知道了不少事，也花了不少钱呢。

最让晓明感动的还是《杨家将》和《岳飞传》的故事。特别是《杨家将》，晓明能够把书中每一页的文字说明都背诵下来。

有一次，晓明心血来潮，真的拿起笔来，把《杨家将》中的文字说明都默写在稿纸上了，大约写了二十多页，还送给何老师看呢。

何老师看了以后问晓明，写这些干什么？有什么用？晓明说，没有什么用，就是喜欢写呗。说来说去，晓明心里有崇拜英雄的情结。

对于中国的四大名著，晓明是在小人书店见到的。那时，晓明还太小，认识的字太少，繁体字更不行，对四大名著的原著是看不懂的。但是，晓明听同学说中国有四大名著，觉得很新鲜，所以在小人书店翻看了一遍。

对于《三国演义》，晓明印象最深的是关羽、张飞、赵云，能征惯战，十分英勇。但是，对于曹操的那句"宁可我负天下人，不可天下人负我"，感到很不理解。

晓明问书店大爷："曹操这话是什么意思？"

书店大爷说："这是说，曹操为了达到自己的目的，什么事都可以干，可以不择手段。"

晓明问："不分好事坏事，不分什么手段，曹操都干吗？"

书店大爷回答："在曹操看来，哪里有什么好事坏事，达到目的就行了。"

晓明不赞成曹操的这个做法，心说，要是所有人都像曹操这样做，大家还不打成一锅粥了吗？

对于《水浒传》，晓明印象最深的是武松、林冲、宋江，讲的是官逼民反的故事，最著名的是武松打虎。

对于《西游记》，晓明印象最深的是孙悟空。孙悟空真有本事，手拿金箍棒，一个跟头十万八千里，还有七十二变，敢大闹天宫，什么妖怪也不怕。

晓明最不明白的是唐僧为什么要去取经。

晓明问书店大爷："唐僧取的经是什么呀？"

书店大爷回答："唐僧取的经是书，像你们课本那样的书。"

晓明奇怪地问："原来就是几本书呀，这是什么重要的书？还值得大闹天宫的孙悟空保护唐僧去取呀！"

书店大爷回答："那谁知道，反正唐僧取的经书是中国没有的重要的书呗。"

晓明说："既然中国需要这本书，那自己写一本不就行了吗？为什么唐僧和孙悟空非要经过九九八十一难去取呢？"

书店大爷赶紧说："小孩子，不要乱说，经书可不是谁想写就能写的，那是天意，很神圣的，几百年、几千年才会有的书啊。"

晓明对唐僧万里迢迢去取经，而不是去写经书很不理解。于是，晓明不解地问道："天意的书不也是人写的吗？天上也不会自己掉下来呀！究竟是谁写的呢？"

书店大爷翻开了《西游记》，指着其中一位最大的佛，对着晓明说："在《西游记》里，如来佛是最大的佛，经书是佛的弟子们写的。"

晓明一看，不禁说道："原来如来佛是位高高大大的胖老爷爷呀！那您拿一本经书给我，看看经书里的天意是什么？"

书店大爷大惊失色起来，说道："小孩子不要胡说，什么胖胖的老爷爷，这是最高的佛祖！我这里没有经书，经书不是一般人能看懂的，可高深了！我看你还是算了，不要再看《西游记》，越说越不着调了！"

晓明没有听书店大爷的话，还是把《西游记》认真地看了一遍，除了看见孙悟空除妖斩魔的故事以外，什么是经书，经书里究竟写了什么还是没有看见，更不知道天意是什么。

《红楼梦》是晓明意外看到的。说来还有个好玩的故事。

有一次，晓明来到小人书店，一进门，就看见刘素华也在那里聚精会神地看一本书，看得十分投入，连晓明进来她也没发现，好像还哭了呢。

晓明十分好奇，悄悄地走过去伸头一看，只看见书的封皮上有一个"梦"字，其他的却没有看清楚。

于是，晓明假装刚进来，大声地说："刘素华，看什么书呢？让我也看看。"

刘素华立刻把书藏到身后去了，神色有点紧张地说："没看什么。"

"那你哭什么？这是什么感人的书？我也来感动感动。"晓明成心逗着说。

"谁哭了？去你的，就不给你！"刘素华不理晓明。

晓明没有办法，只好作罢。

刘素华走了以后，晓明对书店大爷说："我要那个小女孩刚看过的做梦的书。"

书店大爷笑了，说道："傻小子，什么做梦的书呀，那叫《红楼梦》。小女孩爱看，不是你看的，你看不懂，白花钱的。"

晓明不服气，心说，刘素华能看懂，我为什么却看不懂？一定要看看里面写了什么，还至于哭鼻子呢！

大爷笑着说道："那好吧，我给你拿，你看着玩吧。"说着，大爷抱起一大摞书递给晓明。

晓明一看，吓了一跳，心说，做的什么梦？这么多书呀！

晓明找了个没人的角落，一本一本地翻看起来。

一开始，晓明还以为这是一套做梦的神话故事呢，没有想到，书里讲的是一群人围着一个叫贾母的老太太吃喝玩乐的事，人物关系十分复杂，晓明也搞不清谁是谁。

晓明只看出有一个男孩不爱学习调皮捣蛋，被他爸爸打了一顿；还看出有一个女孩不知道为什么总是哭哭啼啼的没个完。

晓明想，刘素华大概是跟着那个小女孩一起哭吧，可是自己却一点不难过，一点也不受感动。

看来书店大爷说得对，这套书一点不合晓明的胃口，也不令人感动。比起《西游记》《水浒》《三国演义》，《红楼梦》差得太远了。晓明心说，刘素华有什么可哭的呢？一点不明白。

看到书中抄家一段倒是让晓明感到震惊，心说，原来古代富贵的人家还会被抄家呀？而且，一抄家就全完蛋了！

晓明问书店大爷："大爷，中国古代每个朝代都有抄家的事吗？"

书店大爷说："可不是，中国古代每个朝代都有抄家这种事，这样的斗争已经上千年了。一会儿抄这家，一会儿抄那家，斗争可激烈了，最严重的时候还要灭九族呢。"

这是晓明第一次看到"抄家"的故事，知道了在中国古代的时候，一旦抄家，全家的财产都没了，人也抓到监狱去了。

最后，《红楼梦》中的那些人差不多都死了，只剩下贾宝玉穷困潦倒地要饭吃，落得"白茫茫大地真干净"的悲惨结局。

晓明认为，《红楼梦》写的是古代富裕大家族从吃喝玩乐到被抄家的故事。不过，晓明的社会阅历很浅，对于这种社会现象还不了解，所以还体会不出什么深刻的东西。

晓明翻完《红楼梦》才想起，今天看的书太多，身上的钱怕不够了，于是就全身乱翻起来，全身翻遍，最后才翻出了二毛钱。

大爷看着晓明笑眯眯地问道："《红楼梦》好看吗？"

晓明说："您说得对，《红楼梦》的确不好看，没劲！"

大爷对晓明挥挥手说："你别给钱了，不好看的书，大爷是不要钱的。"

"啊？为什么？"晓明没有听明白。

书店大爷说："一开始，我已经知道你不适合看《红楼梦》，还给你这么多书看，这不是坑你吗？"

晓明不好意思地说："不是，是我自己要看的。不给钱，那多不好，以后我还怎么来呀！"

大爷说："我的规矩是不好看的书不要钱。你们都是爱看书的好孩子，有点零钱都照顾我了，我哪能坑你们呢！你们来我这里，就是要图个好看，图个高兴。我对每个小孩都是一样的规矩，不好看的书，我都不要钱的。"

晓明仔细地环顾了小人书店一遍，不大的小屋里有暖水瓶、茶杯、凳子、桌子，而且书店大爷的衣服都是很旧的。

晓明想，书店大爷的生活水平一定是很低的，比王萍萍家好点也有限，自己怎么能白看书就走呢？

于是，晓明把两毛钱放在桌子上，说："大爷，今天我只带了这么多，都给您吧。"

大爷不要，又把钱还给晓明，说："我说不要就是不要，对谁都一样，要是破了规矩，我的小人书店还办不办了！"

晓明想了想，又把钱放回桌子上，还说："《红楼梦》中间那几本有关抄家的书我还是爱看的，这就算那几本的钱吧。"

书店大爷听了以后，笑着说道："那好吧，你真是个实在的好孩子。"

晓明觉得，四大名著反映了中国千百年历史中始终存在的现象。四大名著把这些现象写成书，编成故事，所以才会得到非常广泛的流传。

十七、晓明在什刹海学游泳，
领悟了《小马过河》的道理

为了响应学习游泳的号召，学校决定组织同学们学习游泳。这让晓明感到十分兴奋。

陈老师负责全校学习游泳的教学工作。陈老师虽然是算术老师，但是曾经当过游泳运动员，还是健将级别的呢！

在学习游泳的大会上，陈老师对同学们说："学习游泳是响应号召，也是人生最重要的生存技巧之一，大家一定要克服困难，学会游泳。人的一生说不定什么时候会遇见水，什么河、湖、沟，甚至大海，不会游泳那是很被动、很危险的。"

同学们对学习游泳是否容易的看法是不一样的。有的同学说，学游泳很容易，一学就会；有的同学说，学游泳很难，总也学不会。

学习游泳究竟是什么样呢？

陈老师说："这很像《小马过河》的故事，每个人的感受不一样，学习的方式也不一样。有的同学适合这种学习方式，有的同学适合那种学习方式。再说，游泳学得快一点、学得慢一点，都没有关系，都很正常。同学们只要有信心，有毅力，多练习，是一定能学会的。毕竟游泳是一项很普及的运动，又不是让你去当游泳运动员。"

晓明对学习游泳特别重视，陈老师讲的游泳技术要领他都认真地听，记在心里。

他一回到家里，就跟奶奶要脸盆。

奶奶问："要脸盆干什么？"

晓明回答："我要学习游泳。"

奶奶觉得很好笑，说道："学游泳要到河里去，哪有在脸盆里学游泳的？我们农村的孩子都是在河里学的，没有学不会的。"

晓明说："我们学校组织学游泳，老师让我们先练习憋气。"

"好吧，好吧，给你个脸盆练憋气吧。"奶奶说着给晓明找了一个最大的脸盆。

晓明把脸盆拿到院子里，打了一盆水，憋住一口气，就把脸伸进水盆里了。

晓明对水的感觉很不适应，眼睛里沙沙的，鼻子发酸，气也憋不住，不禁"啊！"的一声，赶紧抬起头来。结果，晓明满脸都是水，水都流到眼睛里，好难受呀！

晓明没有想到，原来在水里憋气这么难受！这可怎么办呢？晓明想，还是在学校跟老师学游泳吧，那样也许快一些。

终于，晓明和同学们要到什刹海学习游泳了。

当时，学校的老师全体动员，能去的老师都参加了，负责辅导和安全保护的工作。

何老师不会游泳。于是，晓明这个班的游泳辅导工作就由吴老师负责了。

吴老师算是会游泳吧，但是，只能游个 30 多米，在浅水区做辅导工作也够用了。

初学游泳很不顺利

那一天，同学们一到什刹海游泳场，陈老师给大家表演了一番各种姿势的游泳。陈老师是游泳健将，什么自由泳、蛙泳、仰泳、侧泳都会游，游得漂亮极了。

同学们看得非常高兴，站在岸边欢呼跳跃，觉得自己好像很快也会像陈老师那样游泳似的。

陈老师负责全校的游泳教学，而吴老师专门负责晓明这个班的游泳辅导工作。

晓明十分高兴，也跟着同学们下水了。可是没有想到，晓明学游泳却很不顺利。

刚一下水，晓明感到水很凉，不知道为什么，立刻紧张起来，身体僵硬，浑身不自主地发抖。

晓明站在齐胸深的水里，慢慢地向前走，突然，脚下一滑，一下子竟然仰面朝天地滑倒在水里去了。

晓明本来不会水，当然站不起来，手脚乱蹬，不停地喝水。幸亏吴老师在身边，立即把晓明从水里抱了起来，然后又把他扶到岸边休息。

晓明喝了不少水，被水呛得很厉害，产生了心理障碍。不下水吧，不行。不下水怎么学游泳呢？下水吧，晓明一见到水就心里发怵。

晓明坐在岸边不知道怎么办才好了。还是陈老师有经验，他对晓明说："你不要着急学漂了，先到水浅的地方，哪怕走一走也行，慢慢地习惯习惯再说。"

于是，吴老师陪着晓明找了个水浅一点的地方，让晓明下水试试感觉，先不要学什么漂，能走一走就行了。

吴老师拉着晓明在齐腰深的水里走了几趟。晓明觉得心里舒服多了，然后自己在水里慢慢地走，不用吴老师来扶了。

可是，晓明怎么也学不会漂，头一进水就憋的受不了，立刻就要站起来。于是，吴老师拉着晓明的手，帮助他练习漂。用了好长时间，练习了很多次，晓明才凑合着学会了漂。

别的男生早就学会漂了，还有的同学都能游很远了，而晓明才刚刚学会漂。这一次，晓明急死了，也气死了，使劲拍自己的脑袋，真没有想到，自己学游泳会这么笨！

晓明发现，刘素华也学不会游泳，跟自己差不多，也是刚刚学会漂。于是，晓明笑着说："刘素华，你什么都一学就会，什么都学得很好，为什么游泳学不会呢？原来你也有笨的时候啊！"

刘素华反驳道："你才笨呢，人家男生没几天都学会了，就你一个人学不会，比我还笨呢！"

晓明一想，可不是嘛，自己才是最笨的那一个，还有什么资格笑话别人呢。

吴老师说："你们俩都别斗嘴了，好好学，都能学会的。"

最后，晓明和刘素华费了比别人都长得多的时间，总算勉强地学会了蛙泳，大约能游个七八米，其实就是用蛙泳的方式划拉几下罢了。

不管晓明和刘素华究竟谁比谁笨，两个人都在付出极大努力之后把游泳学会了。最后，他们都参加了深水证的考试，只是比别的同学晚了一年而已。

然而，吴老师却还是原来的那个水平，游 30 多米就不行了，非要站起来不可。

在深水区，晓明远远地看见吴老师和几位女同学还在浅水区学习游泳，心里一直搞不明白，游 30 米与游 200 米究竟有什么区别？

在晓明看来，既然已经能游 30 米了，只要再多费点力气，不就能够游得更远了吗？真是太奇怪了。

看来，陈老师说得真对，学习游泳像《小马过河》，每个人的情况不一样，学好游泳的方法也不一样。也许吴老师还没有找到适合自己学游泳的好方法，要不然，她怎么会停止不前呢？

晓明最远一次游了三千多米

晓明学会游泳以后就一发不可收拾了。

1966 年的北京夏天很热，热得人没有地方藏，没有地方躲，在院子里不行，在家里也不行。于是，只要天气一热，晓明和弟弟都要到什刹海去游泳。

每一次去游泳，晓明、弟弟和院子里的小孩都是走着去什刹海的，从安定门到鼓楼，再到什刹海，大约要走半个多小时。

晓明和弟弟他们都是上午 9 点出发，避过中午最热的时候，在下午 3 点才能回家。中午怎么办呢？买个 6 分钱的烧饼垫一垫，再喝口自来水就行了。

这是不是挺艰苦呢？没事，晓明和弟弟都不怕，游泳很好玩，很凉快，比闷在家里干熬着还是强得多呢。

有一次，一个小伙伴提出，咱们应该测试一下，看看一次不休息能够游多远。

大家都觉得这是一个有意思的建议，真的准备测试一番，挑战一下极限。大家约定，今天晚上回家以后要好好休息，明天到了什刹海就进行测试。

第二天，晓明他们到了什刹海开始测试游泳的距离。怎么测试呢？从什刹海的南岸下水，一直游到对面的北岸，再游回来，看看能游几个来回。从什刹海的南岸到北岸的一个来回至少也有 300 多米了。

晓明他们下水以后向什刹海北岸游去。刚开始的 5 个来回，大家的感觉是很轻松的。但是，游到第 7 个来回的时候，晓明开始感到有些累了。

晓明让弟弟不要游了，但是，自己还想再坚持一下。可是，弟弟却说："哥哥，游泳绝对不要逞能，要是游到中间不行了，回不来，多危险哪！"

晓明说："我比你大两岁，还能坚持，我一定注意，要是游不动了，就到中间的小岛休息，放心吧。"

晓明还是继续游。最累的是第 10 个来回，晓明真的觉得自己太累了，游泳的动作也开始变形，勉勉强强才游回什刹海的南岸。晓明坐在岸边休息了好长时间，才缓过劲来，走路的时候仍然觉得两条腿不听使唤，迈着八字向前走。

晓明和弟弟赶紧找到一个饭馆买了两个烧饼。但是，吃一个烧饼根本吃不饱，回到家里的时候还是饥肠辘辘的，晓明赶紧跟奶奶要吃的东西。

奶奶说："晓明，你们今天干什么去了，怎么饿成这个样子？"

晓明没有学会自由泳，只学会了蛙泳。而且蛙泳速度也不快，就是比较能熬，距离长一点而已。这一次，晓明游了 3000 多米，是在小学期间游泳距离最长的一次。

十八、劳动课学种向日葵，晓明得了全班第一

在劳动课上，陈老师给同学们讲解向日葵的用途，并教给同学们种向日葵的方法。

陈老师说："为什么要种向日葵呢？这是因为它需要的土地很少，门前屋后哪里都可以种，同学们可以通过种向日葵观察植物的生长过程。"

陈老师给每个同学都发了一小包向日葵的种子，让同学们回家去种，还说秋后要比一比，看谁种的向日葵是最好的。

晓明对种向日葵十分重视，一到家里就找了一把铁锹，在家门口的土地里挖起坑来。

奶奶看见了，问道："晓明，你挖地干什么？"

晓明回答："我要种向日葵，学校还要比赛呢，我一定要种一棵最好的向日葵！"

奶奶继续问道："怎么种向日葵？你会吗？"

"我会，老师已经教给我们了。"

晓明一边挖坑，一边嘀咕，这个坑究竟该挖多深呢？

奶奶在旁边笑着告诉晓明："你挖的坑不行，还要再大一些，再深

一些才行呢。"

晓明看着奶奶突然开窍了，对了，奶奶不是农业专家吗？什么都会种，请奶奶指导不就行了吗？奶奶比老师肯定强多了！

晓明赶紧把弟弟叫来了，拉着奶奶不放手，非让奶奶当指导不可。

奶奶搬了一张凳子，坐在旁边，认真地指导起来了。

在奶奶的指导下，晓明和弟弟轮流上阵，用了好半天挖了三个很深的坑。

晓明和弟弟累得起不来了，坐在地上问奶奶："奶奶，怎么样了？够深了吧？"

奶奶过来看了看，说："差不多了。"

晓明说："我觉得这个坑比老师说的要深很多，为什么要这么深呢？"

奶奶说："还要往里面施底肥呢，你不是要比赛吗？底肥就要多一些才行。"

晓明问道："奶奶，什么是底肥呀？上什么地方找底肥呢？"

奶奶笑着回答："就是厕所里的大粪呗，掏大粪的活，你行吗？"

晓明一听傻眼了，原来种向日葵还要掏大粪哪？

他见过爸爸妈妈学时传祥掏大粪，自己可没有干过，那可是又脏又累的活呀！

晓明拍拍脑袋，豁出去了，心说：爸爸妈妈干得了，为什么我就干不了？于是，对奶奶说道："我干，说干就干！"

晓明到处找，最后找了一个铁筒和一个长把的勺子。

厕所倒是不远，紧挨着他家的旁边。

晓明跑到厕所，用那把长勺子，一勺一勺地掏大粪，然后再放到小铁桶里。

好家伙，气味那个大呀！全院子都被晓明搞得乌烟瘴气，臭气熏天，大人孩子都捂着鼻子绕着走，谁也不敢上厕所了！

这还不说，由于晓明没有经验，还把一些大粪都洒在厕所的地上了，厕所的地上都是大粪，根本就下不去脚了！最后，还是奶奶帮助打扫的。

晓明和弟弟足足折腾了半天，才把那三个坑填了三分之一的大粪。晓明已经累得直不起腰，坐在地上起不来了。

奶奶走过来，向坑里看了看，对晓明说："我看差不多了，不用再掏大粪了。"

听奶奶这样说，晓明可高兴了，立刻蹦了起来："是吗？这就行了？我还以为要掏满了，那还不把人累死了！"

奶奶接着说："晓明，赶紧在大粪的上面盖几锹土，就行了。"

晓明赶紧往深坑里填土："奶奶，要填多少土，都填满吗？"

奶奶回答："不用填满，上面还要种向日葵呢，先放几天再说吧！"

晓明十分不解："为什么今天不种向日葵呀？赶紧种完不就行了吗？"

"那还不把种子烧死了？放几天，发发酵才行呢。"

"还要发酵呀？"这一次，晓明长知识了。

过了好几天，奶奶告诉晓明："晓明，发酵差不多了，赶紧去种向日葵吧。"

晓明这才把向日葵的种子埋进地里，上面盖上土，浇了水，总算把向日葵种上了。

这些天，班里可热闹了。同学们都在讨论向日葵的事，谁的向日葵发芽了，都长出几片叶子了。晓明听着，心里很着急，为什么自己的向日葵还不发芽呢？

放学一回家，晓明都要围着地里看，心说，我种的向日葵什么时候才能发芽呢？真恨不能挖出来看看，向日葵的种子是不是死了呀？

终于，晓明看见有几棵向日葵从地里冒出来了！好呀，晓明终于放心了。

每天，晓明都要看看向日葵，长多少叶子，长多高了。

当向日葵长到一尺多高的时候，奶奶对晓明说："晓明，该给向日葵间苗了。"

"什么是间苗？"晓明问。

奶奶回答："就是把那些小的向日葵拔了。"奶奶说着还拔了一棵小向日葵。

晓明看了可心疼了，不禁大叫起来："好不容易长出来的，拔了多可惜呀！"

奶奶笑着对晓明说："傻孩子，不拔不行，不拔小个的，大个的也长不好。快，跟着我学！"

晓明只好蹲在一边看。

奶奶告诉晓明该拔的向日葵是什么样，总之就是小的、不健康的，最后要把最大的最好的向日葵保留下来。

晓明也学着奶奶的样子拔了几棵。可是，晓明的心里总有点舍不得，心说：要是将来剩下的那棵向日葵死了怎么办呢？

可是，奶奶却拔得毫不留情，最后，每个坑里只剩下一棵最大最好的向日葵了。老实说，晓明对奶奶的做法是将信将疑的。

过了没有多少天，奇妙的事情发生了。剩下的那三棵向日葵突飞猛进地长起来了。晓明的向日葵越长越快，越长越高，越长越粗，叶子也越长越大。

有一天，晓明发现有些叶子的根部长出小芽了。晓明赶紧告诉了奶奶。奶奶说："晓明，你去把那些小芽都掰了，不要留着。"

晓明的心里有些舍不得，就说："多长几个头有什么不好，头越多，没准接的葵花籽也越多呢。"

奶奶笑着说："你说得不对，头多会分散养料，最后哪一个也长不好，都是空的。"

"原来是这样！"晓明明白了，赶紧搬着凳子，把每个叶子根部的小芽都给掰下来了。

最后，好家伙，晓明的向日葵长得比房檐都高，成为全班最高、最粗、最大的向日葵了。

奶奶都说自己从来没有见过这么大的向日葵。全院的大人孩子都围着晓明的向日葵赞不绝口。大家说，这哪里是向日葵呀，简直是一棵小树嘛！

陈老师听说了，还亲自到晓明家里参观呢。

陈老师围着小树般的向日葵转了好几圈，赞叹不已。但是，陈老师也有些疑惑，自言自语地说道："这么高大的向日葵从来没有见过，不知道葵花籽是不是数量多籽粒饱满？要是空的就糟了。"

陈老师嘱咐晓明，秋天收获的时候一定要告诉他，他要亲自看看葵花籽的质量怎么样。

时间过得真快，一转眼，秋天到了。好多同学的向日葵都摘下来了。可是，晓明的向日葵却没有摘下来。这是因为奶奶不让摘下来，奶奶说要多放几天，这样籽粒才饱满。

眼看天就凉了，奶奶终于同意晓明把向日葵摘下来了。

可是，晓明的向日葵太高了，比屋檐还高，怎么才能把向日葵摘下来呢？

晓明想起陈老师说，要在秋天摘向日葵的时候告诉他，陈老师还要来亲自看看呢。于是，晓明告诉了陈老师。

陈老师来到晓明家，从邻居家借了一个梯子，才把向日葵给摘下来了。

陈老师把摘下来的向日葵放在桌子上，看起来，比在地面上看的时候还要大很多，把一张桌子都占满了。

陈老师拿着一把尺子，量了量向日葵的大小，对晓明说："你种的向日葵是全班最大的，过几天你再带点葵花籽给我，看看籽粒饱满的情况。"

陈老师走后，奶奶告诉晓明，向日葵摘下来以后要再放几天，等干了以后，葵花籽才容易掰下来呢。

又过了几天，奶奶告诉晓明，可以把葵花籽掰下来了。于是，晓明和弟弟把向日葵放在桌子上，掰葵花籽，掰了大半天才掰完，手都疼了。

好家伙，这么多的葵花籽呀！足足有一大脸盆！而且，这么多的葵花籽没有空的，都非常饱满。

晓明包了一大包的葵花籽带给学校的陈老师和同学们看。

当晓明把葵花籽送给陈老师和同学们的时候，陈老师和同学们都特别惊叹，不停地说："真不错，这么大的葵花籽，每个都是饱满的，太棒了！"

那时候，葵花籽可是稀罕的东西，只有在过年的时候才能吃到呢。

最后，经过陈老师和同学们的评比，晓明的葵花籽在全班是最大的、最饱满的，数量也是最多的。

为此，陈老师让晓明给同学介绍经验，究竟是怎么种向日葵的。

晓明把自己掏大粪的事向同学们说了一遍，惹得同学们都大笑起来，都说怪不得晓明的向日葵长成这样，原来是在奶奶这位农业专家指导下，学习时传祥掏大粪的结果。

十九、晓明喜欢小动物，萌发保护动物的意识

晓明的家住在安定门大街附近的胡同里。坐在院子里，晓明白天能看到蓝蓝的天，晚上能看到满天的星辰，有时还能看到清晰的银河呢。

在院子里，晓明也能接触到不少小动物，比如可以抓到土鳖虫。大的土鳖虫能够卖给药店当中药。不过，抓土鳖虫要在晚上，用手电筒去翻墙角的石头。这是一个碰运气的活，不是想抓就能抓到的。

对不起，小麻雀

晓明特别喜欢小鸟。为什么呢？因为小鸟可以在天上自由自在地飞翔。这让他十分羡慕。

北京最常见的有乌鸦、喜鹊、燕子和麻雀。在安定门城楼，每天晚上都会看到很多燕子围着城楼转圈。在晓明住的院子里，常常会看到很多乌鸦在天上飞过，院子中间的大树上有喜鹊窝，整天叽叽喳喳的。

齐中石的家里养了很多鸟，什么画眉、百灵，还有会说话的八哥。

晓明看了十分羡慕。

燕子、乌鸦、喜鹊都太大了，根本就抓不着，晓明便想抓一只小麻雀玩玩。

小的时候，晓明经常听大人们说要除四害。什么是四害呢？一开始，人们是把老鼠、苍蝇、蚊子和麻雀作为四害的。

为什么把麻雀作为四害之一呢？这是因为人们认为麻雀吃粮食。粮食多宝贵呀，种出来多不容易呀！人的粮食都不够吃，怎么能让麻雀给吃了呢？

有一次，晓明看见很多大人站在屋顶，手里挥舞长杆子，大声地呼喊，不让麻雀落下来，就这样把很多麻雀给累死了，掉在了地上。所以，他对麻雀没有什么好印象，当作会飞的"小老鼠"了。

后来，人们对麻雀的说法变了，说麻雀没有那么坏，也有很多好的地方，吃虫子是主要的，吃粮食是次要的，不要再消灭麻雀了。虽然不消灭麻雀了，那时也没有保护鸟的意识。

怎么才能抓到一只小麻雀呢？

不抓不知道，一抓才知道，敢情小麻雀是很聪明的，没有本事的人，根本抓不着。

在晓明的同学中，齐中石是抓鸟的专家，什么鸟都会抓。据齐中石说，北京这个地方抓鸟是很容易的，一年四季都会有很多候鸟路过，只要在地坛公园的密林里下一个网，什么鸟都能抓到。

晓明不想那么麻烦，只要能抓一只小麻雀玩玩就够了。

于是，齐中石给晓明出了一个主意，找一只筐，再找一个小木棍，小木棍上接一根细细的绳子，然后用小木棍把筐支在院子中央，里面放一把米，只等小麻雀来。小麻雀一走进筐里吃米，只要一拉绳子，就可以把小麻雀扣在筐里了。

晓明认为这是个好主意，于是按照齐中石的方法做了。

在院子的中央，晓明把筐用小木棍支好，里面放了一把米，把细绳拉回家里，坐在家里的凳子上，静静地等待小麻雀来吃米。

晓明从门缝向院子里看，真的有几只小麻雀从屋顶上落到地上了。小麻雀围着筐跳来跳去，四处张望，警惕性还真高呢！

晓明发现，齐中石出的这个主意，看似容易，真要做到还有些挑战呢。

首先，这个方法对注意力要求很高，要目不转睛地盯着筐才行。晓明很难做到这一点，太累了。

其次，院子里总会有人路过，一旦有人来，小麻雀就飞到屋顶上去了。

晓明试验了好几天也不成功，最后只得放弃这种方法了。

既然抓不到活的小麻雀，那就打着玩呗。

晓明自己做了一把弹弓，没事练习，想用弹弓打一只小麻雀。但是他发现，用弹弓打小麻雀也是很不容易的。小麻雀在屋顶上或树枝上跳来跳去，一会儿都不停，没有很高的技术是打不着的。

没有办法，晓明只得去请教齐中石，齐中石说："像你这样的急脾气，不要抓什么小鸟了。这个事要像猎人那样，要耐心，要沉得住气才行。"

晓明不甘心，还是让齐中石找个办法试试。

齐中石想了想说："我看，你用鸟夹子吧，这个省事。"

"什么地方能买到鸟夹子呢？"晓明问道。

齐中石说："咱哥们谁跟谁呀，我给你找一个就行了。"

"那太好了！"晓明高兴地说。

齐中石摆摆手，说道："你别高兴得太早了，这种方法也是有缺点的。我本来不想告诉你，看你那么执着，才让你试试的。"

晓明问道："鸟夹子有什么缺点呢？"

齐中石说："这是有危险的。第一个危险，使用的时候要小心，千万不要把自己的手给夹住了。第二个危险，放鸟夹子的地方要特别清静，不能有人通过，要是把人的脚夹住就糟了。"

"原来是这样，我知道了，一定小心。"晓明答道。

齐中石说："我看，把鸟夹子放在屋顶上吧，那里没有人路过，很清静。你只要在院子里能看见鸟夹子就行了。"

过了几天，齐中石真的拿了一个鸟夹子。晓明一看，鸟夹子的操作还真是有些危险呢。

这时，齐中石却犹豫起来了，说道："我不放心你自己操作，还是我帮你把鸟夹子放到屋顶吧，这样安全。"

"那好吧。"晓明只得同意了，心说：先让齐中石试试，要是成功了，自己再来也行。

于是，齐中石把鸟夹子放在晓明家的屋顶上，然后在鸟夹子上放了一把米，只要小麻雀一吃米就会被鸟夹子夹住的。

自从把鸟夹子放在屋顶以后，晓明每天都要站在院子里看，看看什么时候能够抓一只小麻雀。

一天过去了，两天过去了，什么动静也没有。这让晓明十分奇怪，是不是那些米已经被小麻雀吃了呢？

大约过了一个星期。有一天早上，弟弟突然在院子里喊起来："哥哥，快看，你的鸟夹子打住小麻雀了！"

"真的吗?"晓明赶紧跑出屋,向屋顶一望,果然,那个鸟夹子打住了一只小麻雀!

晓明十分高兴,赶紧爬到屋顶。可是,当看到被鸟夹子夹住的小麻雀的时,晓明被震撼了。

只见一只小麻雀被鸟夹子紧紧地夹住,身体僵硬,双目紧闭,早就死了。

看到这一切,晓明没有丝毫高兴的感觉,反而有深深的自责感,感到自己做错了,对不起这只小麻雀了。

在严寒的冬天,小麻雀能到哪里去找吃的呢?为了吃几粒米,就这样把小命丢掉了!

再说,小麻雀已经不是四害了,对人类是有好处的益鸟,自己怎么能这样做呢?应该保护小麻雀才对!

这件事使晓明从内心深处萌发了保护动物的意识。从此以后,晓明再也没有做过伤害动物的事情,还能自觉地保护动物了。

燕子来晓明家做窝了

有一天,晓明和弟弟正在家里做作业,忽然听见窗外叽叽喳喳地叫个不停,好像有什么鸟落在屋檐上了。

弟弟跑出去一看,立刻高兴地说道:"哥哥快看,燕子来咱们家做窝了!"

晓明跑出屋子一看,果然看见屋檐下有两只燕子飞来飞去,叽叽喳喳,可热闹了。

晓明问奶奶："奶奶，燕子为什么要到咱们家做窝呀？"

奶奶笑着回答："咱们家好呗。燕子是很有灵性的，知道谁家好谁家不好，只会在好人家做窝。"

两只燕子长得真干净！白白的肚子，黑黑的羽毛，小小的尖嘴，机灵的眼睛，总是望着晓明，好一个会飞的小精灵！

燕子不知道从什么地方衔来了泥，开始搭窝了。两只燕子你来我往，用了好多天，终于把一个精致的燕子窝给搭好了。

在晓明看来，这个燕子窝并不大，有些怀疑将来要是生了小燕子是否能放得下。

燕子的到来让晓明想起了一首《小燕子》儿歌，歌词是：

> 小燕子穿花衣，
>
> 年年春天到这里，
>
> 我问燕子你为啥来？
>
> 燕子说，这里的春天最美丽。
>
> 小燕子告诉你，
>
> 今年这里更美丽，
>
> 我们盖起了大工厂，
>
> 装上了新机器，
>
> 欢迎你长期住在这里。

晓明想，看来我家是最美丽的，所以，燕子才会在我家做窝的。从此以后，晓明和弟弟担负起保护燕子窝的责任，特别是不能让那些调皮的孩子来捅燕子窝。他们要让燕子安全地生活在自己家，不受到任何伤害。

不知道什么时候，大燕子生小燕子了！

屋檐下的燕子窝里更热闹了！两只大燕子飞来飞去地找吃的，回来喂小燕子。

有一天，晓明看见，小燕子把小脑袋伸出窝了。但是，那只小燕子好像很害怕的样子，总也不敢出窝，只是偷偷地向外面看着。

燕子的到来给晓明和弟弟带来了不少快乐，他们每天都要看看燕子怎么样了，都要议论小燕子什么时候才能长大。

慢慢地，小燕子也可以飞出窝自己找食吃了。后来，小燕子与大燕子的个头似乎也差不多了。奶奶说，燕子长大就快走了，要到南方去过冬了。

"是吗？小燕子快走了吗？明年还能回来吗？"奶奶的话让晓明不安起来，舍不得小燕子就这样走了。

奶奶说："燕子是南来北往的候鸟，不让它飞走是不行的，燕子冬天没有东西吃，会饿死的。"

晓明只得盼望燕子晚一点走，多待一天也是好的。

那些天，晓明和弟弟一有空就来看燕子，知道它们快走了，只是不知道哪一天而已。这种等待的心情还挺难受的呢。

有一天，晓明上学的时候燕子还在窝里呢。可是，当晓明放学回家以后发现，燕子窝里已经空了，什么都没有了，一片寂静。

当时，晓明还自我安慰着，这是燕子找食去了，也许晚上会回来的。可是，晓明盼呀盼呀，天都黑了，连一只燕子也没有回来。看来燕子是真的走了，到遥远的南方去了。

燕子飞走了，燕子窝空了，再也没有叽叽喳喳的欢闹声。这让晓明很不习惯。

好多天，晓明都望着空空的燕子窝发傻，自己问自己，燕子还能回来吗？这里有燕子的家，它们不会忘记吧？燕子要是回来，找不到这个家可怎么办呢？

小花猫去哪里了？

在一个寒冬的深夜，风雪交加，晓明被窗外一阵阵凄厉的声音吵醒了。这是什么声音？怎么这么可怜兮兮的？

晓明穿上衣服，打开灯，走到窗前一听，原来是一只小花猫，趴在窗户上嗷嗷地叫呢。

晓明对奶奶说："奶奶，窗户外面有一只小花猫，快冻死了，让它进屋吧？"

说着，晓明打开门，把那只小花猫放进屋来。小花猫进屋以后蹲在炉子附近，缩成一团不动了。

就这样，一只不知道从哪里来的小花猫来到了晓明家。

怎样对待这只小花猫呢？是自己养着，还是让它走呢？晓明拿不定主意，就去问奶奶。奶奶说："猫是奸臣，狗是忠臣。这只猫肯定是养不熟的。"

"那怎么办呢？天气这么冷，还有大风大雪，小花猫来咱家，就是因为它没有地方去，要是咱家也不要，它肯定会被冻饿而死的。"晓明说道。

奶奶说："咱家的晓明是个好心眼儿，那好，养几天算几天吧。"说着，奶奶还给小花猫找了一点吃的。

晓明想，不管这只小花猫究竟是奸臣还是忠臣，既然已经来到自己的家，就应该照顾它，保护它。小花猫就这样留下了。

小花猫的到来给晓明带来不少欢乐，还意外地把家里的老鼠都吓跑了，再也见不到了。

放学回到家以后，晓明都会抱着小花猫玩，小花猫也挺乖的，与晓明越来越熟悉了。

奶奶和晓明对小花猫的照顾还是很精心的，每次吃饭的时候，都要分出一点给小花猫。

刚来晓明家的时候，小花猫很瘦，也很脏。在奶奶和晓明的精心照顾下，小花猫长胖了，再也不是干瘦干瘦的病秧子了，变得漂亮、干净多了。

慢慢地，晓明和弟弟已经离不开小花猫了。小花猫也与晓明很是亲热，晓明和弟弟早已忘记奶奶的那个"猫是奸臣"的忠告了。

晓明心想，小花猫在我们家里多好，多舒服、多安全，吃喝都是现成的，比在野外冻着饿着强多了，小花猫又不是傻瓜，怎么会当奸臣呢？

不知不觉，春天到来了。

晓明注意到，每天晚上，院子的屋顶上经常传来嗷嗷的猫叫声。奶奶说，这是在闹猫呢。

晓明发现，小花猫烦躁不安起来了，它每天晚上都要出去，要到早上才会回来。

奶奶说，小花猫是找别的猫去了，没准哪一天就不回来了。

晓明还有些将信将疑，不停地问自己，难道小花猫也会像小燕子那样一去不回了吗？

　　真是想什么就来什么。有一天晚上，小花猫出去了，第二天早上真的没有回来。

　　弟弟说："哥哥，小花猫走了，不会回来了！"

　　晓明还不甘心，自我安慰着说："那不一定吧，没准过几天还能回来呢。"

　　结果被奶奶说对了，这只小花猫真的再也没有回来。

　　虽然小花猫来去匆匆，只在晓明家待了大半年就走了，但是，晓明还是惦记着那只小花猫。

　　有的时候，他还会念叨念叨，小花猫到哪里去了呢？是找到新的家了，还是遇到什么危险了呢？要是找到更好的新家就好了，要是遇到危险就糟了……

二十、晓明跟奶奶学养鸡，
自己养鸡下的蛋最香

北京的鸡蛋和副食品是计划供应的。奶奶总说鸡蛋不够吃，于是打算买几只小鸡养大了好下蛋。

有一天，晓明一放学回家就听见屋子里有小鸡的叫声，顺着声音在一只纸箱子里看到了 6 只黄色的毛茸茸的小鸡。

多可爱呀！晓明捧起一只小鸡在手掌中间仔细地观瞧，只见那只小鸡被吓得哆哆嗦嗦，叫个不停，可怜兮兮的。

晓明问奶奶："奶奶，您在哪里买的小鸡？"

奶奶回答："刚才大门口来了一个卖小鸡的，好多人都去买，我也去挑了几只。养大了，可以下鸡蛋吃呢。"

原来是这样！从这一天起，晓明开始跟着奶奶学习养小鸡了。在他看来，养小鸡似乎不太复杂，也就是喂点小米，注意保暖和卫生。

每天下学回家，晓明总要打开纸箱子看看小鸡长得怎么样了。小鸡们看见晓明也总是要欢蹦乱跳地高兴一番。

一天一天地过去了，小鸡先是在翅膀上长出了白色的羽毛，然后布满全身。小鸡个子也一天一个样，很快可以在院子里到处找食吃了。

123

在晓明家住的院子里，好几户人家都买了小鸡，这些小鸡都跑出来，总共有十多只小鸡。院子里到处都是小鸡，可热闹了。但是，这些小鸡也把院子弄得很脏。于是，奶奶和邻居们还要经常打扫院子才行。

后来，大家商量了一个办法，各家在自己家的墙边都用各种材料围起了鸡圈，把鸡放在鸡圈里面，这样院子也变得干净了。

很快，小鸡长成了半大鸡。半大鸡可难看了，不太招人喜欢。一直到羽毛都长齐了，半大鸡才好看起来。这时候，半大鸡都已经能看出公母了。

晓明家有一只白公鸡，其余都是白色的母鸡。那只公鸡学打鸣的时候，哑着嗓子可难听了，好像憋得要断气那样。

晓明家的白公鸡长大以后变得特别漂亮，白色的羽毛银光闪闪，头顶上的大红鸡冠直直的竖立着，嘴下的鸡冠特别的圆，还长了一双金黄色的腿。奶奶和邻居们都说从来没有见过这么漂亮的大公鸡。

白色大公鸡走起路来总是昂首挺胸，趾高气扬，目空一切。

后来，晓明发现，这只大白公鸡却是一个中看不中用的"纸老虎"。虽然，它平时趾高气扬，打鸣也高亢有力。但是，在与别人家的公鸡打架的时候却是一个大怂包，谁也打不过，常常是一副抱头鼠窜的狼狈样。邻居们都笑着说，没有见过这么怂的大公鸡，谁也不敢打，只会逃跑。

没有办法，晓明只好对这只大白公鸡进行特别的保护，一旦有谁家的公鸡要欺负自己家的大白公鸡，晓明就要赶过去帮忙，把别人家的公鸡轰走。谁让自己家的大公鸡这么怂呢。

晓明家还有两只白母鸡很有特点。一只白母鸡的双腿有长长的毛，被称作"毛腿"，另一只白母鸡的头上有长长的毛，被称作"凤头"。

奶奶是用剩饭和剩菜喂鸡的，有的时候还找些菜叶剁碎，再掺和点玉米面什么的。

奶奶说："咱们家的鸡快下蛋了，该喂点有营养的了。"

终于有一天，鸡圈里传来了咯咯的叫声。奶奶对晓明说："走，快去看看。咱家的母鸡下蛋了！"

晓明赶紧跑到鸡窝，打开一看，果然有一个白色的鸡蛋。只见"毛腿"正在骄傲地叫着，看样子是在告诉晓明："这个鸡蛋是我下的，还不赶快奖励奖励我！"

晓明拿着鸡蛋去问奶奶："奶奶，为什么'毛腿'下的鸡蛋这么小呀？"

奶奶说："鸡刚开始的时候都是小鸡蛋，以后就变大了。"

晓明找了一个小篮子，专门放鸡蛋用。他把鸡蛋的数目记在一个本子里，想看看一个月究竟能下多少个鸡蛋。

晓明家的三只母鸡大约每天可以下一个鸡蛋，这就不错了。每天，晓明只要听见母鸡咯咯叫了，赶紧就去捡鸡蛋。这下晓明有活干了。

奶奶说："夏天，鸡蛋不能留着了，天气热，时间长了，就不新鲜了。咱们先来个西红柿炒鸡蛋吧。"

那一天，奶奶就做了一盘西红柿鸡蛋。

晓明吃过以后赞不绝口，觉得自家鸡下的蛋比商店里买的鸡蛋要香多了。就问奶奶："奶奶，我觉得咱家的鸡蛋要比商店里买的鸡蛋香多了，这是为什么呀？"

奶奶说："也许是你的心理作用，对自家鸡下的蛋感觉不一样呗。不过，咱家的鸡蛋要比商店里卖的鸡蛋更新鲜，也许是这个原因吧。"

晓明班里有很多同学家里养鸡，他常常跟同学们交流养鸡的经验。

徐利杰家养的鸡是最多的，晓明就到他家里学习经验。

徐利杰家的鸡圈是比较高级的，又大又干净，每只鸡都干干净净的，什么味道也没有。晓明有些奇怪，仔细观察了一番。

原来，徐利杰家的鸡窝结构与晓明家的鸡窝结构是不同的，比晓明家的鸡窝高级多了。

徐利杰家的鸡窝是用砖砌的，又高又大，顶部铺着油毡。鸡窝的里面是分成上下层的，中间有一层木棍制作的架子，木棍之间有一小段的距离。鸡睡觉的时候是在上层的架子上，粪便会自己落在架子的下面，不会粘到鸡的身上。而且，鸡窝的门是开在鸡窝后面的，人不用进鸡圈也能够打扫鸡窝，还能拿出鸡蛋呢。

晓明家的鸡窝简单多了，正好相反，又小又矮，是单层的，门开在鸡窝的前面，打扫起来也费劲。

不怕不识货，就怕货比货。对于自己家的那个鸡窝，晓明怎么看怎么不顺眼，想参照徐利杰家的鸡窝再建一个新鸡窝。

想想容易，干起来就难了。首先是盖鸡窝的材料很不好找。砖头、木棍、油毡，这些材料都到哪里去找呢？

从此，晓明开始留意了。看到哪里有盖小厨房的，哪里有工地，晓明都要过去看看，看有没有机会捡点材料什么的。

功夫不负有心人，大约经过半年的时间，晓明总算把盖鸡窝的材料凑得差不多了。真没有想到，盖个新鸡窝这么费劲哪！

盖新鸡窝的材料差不多了，可是怎么盖呢？这可是个技术活呀！

实际上，过去那个旧鸡窝是晓明自己凑合着盖的，多少也有点经验了。晓明想，既然过去能盖旧的，怎么现在不能盖新的呢？还是自己动手吧。

晓明又到徐利杰的家里去了一次，向徐利杰的爸爸请教了盖鸡窝的技术要点和注意事项。徐利杰的爸爸说，关键是要把架子搭好，不要太高，也不要太低，其他的都差不多，鸡窝的墙再高一点就行了。

晓明拿把尺子量了量徐利杰家的鸡窝的尺寸，心里有底了。

终于，新鸡窝动工了。

晓明和弟弟费了三天的力气，才把这个新鸡窝给建起来。当然，这个新鸡窝比徐利杰家的那个鸡窝还是要小多了。

看着自己的劳动成果，晓明还是很满意的。从此以后，晓明也可以从鸡窝的后面打扫卫生和取鸡蛋了。不仅如此，晓明家的鸡也干净多了，不再像以前那样整天脏兮兮的了。

有一次，晓明到徐利杰家里去玩，说到自己家里的三只母鸡每天都能下一个鸡蛋的时候，徐利杰说道："你家里的鸡下蛋不多，每天三只鸡才下一个蛋。我家有一只人家送的来亨鸡下蛋可多了，每天都能下一个蛋呢！"

晓明赶紧说道："是吗？那你带我去看看。"

徐利杰带着晓明来到鸡圈，指着一只白色的鸡说道："晓明，你看，这只就是来亨鸡，差不多每天都下一个鸡蛋。"

晓明一看，这只来亨鸡与自己家里的鸡的确不同。来亨鸡的颜色是白色的，个子不大，最大的特点是头顶的鸡冠特别大，而且还耷拉着，走起路来一摆一摆的。

晓明想，要是自己养三只来亨鸡，那么，一天就可以下三个鸡蛋了！

于是，晓明问道："徐利杰，你家的来亨鸡是从哪里来的?"

徐利杰回答说："爸爸说，这只是别人送的。听说安定门外有一个专门孵小鸡的养鸡场，在那里可以买到来亨鸡!"

听了徐利杰的话，晓明心想，我也去买几只!

回家以后，晓明对奶奶说了要买来亨鸡的事。

奶奶说："咱们家都是老百姓的土鸡，皮实，好养活。这种来亨鸡是外国的洋东西，可能不好养活吧。"

晓明说："咱们可以买几只试试看，怎么样?"

奶奶说："那好，你也买几只试试吧。"

晓明和弟弟来到了安定门外的专业养鸡场。到那里一看，一位工作人员说不是什么时候都有来亨鸡的，要过几个月才有呢。

于是，晓明和弟弟每个星期都去打听消息，好在不太远。终于有一天，那位工作人员说明天早上要孵化来亨鸡了。

晓明和弟弟一大早就赶到养鸡场来排队了。好家伙!排队人还真多，看来大家都知道来亨鸡下蛋多的事，想买个好品种的鸡呢。

大约排了一个多小时吧，工作人员笑呵呵地出现了，他大声地对大家说："大家把队排好了，新孵出的小鸡太少了，要买的人太多了，只得限制购买，每个人只能买 5 只。"

"嗡!"队伍里顿时议论纷纷起来。

晓明想，买 5 只也行，先试试再说，行不行还不知道呢。

轮到晓明的时候，晓明伸头向里面看，想看看专业孵小鸡的设备是什么样的。只见工厂车间里摆满了一层一层的设备，每一层的里面都是小鸡，数都数不清。

那位叔叔从里面捧出 5 只小鸡放到晓明的篮子里，说："小朋友，回家后多注意，不要给冻着了。"

晓明交完钱，提着篮子回到家里。

奶奶打开篮子一看，说道："哎哟，这些小鸡怎么这么干净呀！"

可不是，小小的来亨鸡的确与众不同，淡黄色的绒毛，一个一个像"小仙鸟"似的。

晓明把小来亨鸡放在一个纸箱子里，像以前养小鸡那样，细心地照顾它们。

可是，不知道是为什么，这些"小仙鸟"特别不好伺候，没有几天就死了一只，连奶奶也不知道是怎么回事。没有想到，5只小来亨鸡一个接着一个的死，最后竟然都死光了！

这让晓明十分难过，一直想不明白是怎么回事。要说奶奶经验是比较丰富的，在农村不知道养过多少鸡了，为什么养不好来亨鸡呢？

太奇怪了，这是以前没有经历的情况！以前养小鸡，死一两只也算正常的，但是，还没有全部都死的情况，是不是得了什么特殊的传染病呢？

晓明想，既然来亨鸡是外国鸡，也许会有一些特殊的习性和要求。专业养鸡场有很多专门的技术，比如，打预防针，控制室温，还有专门的饲料，等等。而这些都是老百姓不了解也做不到的。

这件事给了晓明一个重要的教训，不能简单地把过去的养鸡经验套用到养来亨鸡上，以为过去成功了，以后也一定能成功，而要适应新的变化才行。

以后，晓明再也不奢望养什么来亨鸡了，老百姓没有专业养鸡场的条件和技术，能够养好土鸡就不错了。

二十一、晓明跟奶奶学养兔子，
萌发了挣钱的梦想

徐利杰是晓明的好朋友，他的家里养了不少兔子，有好几个品种，十多只兔子呢。据徐利杰介绍，他爸爸特别喜欢养兔子，家里有家兔、安哥拉兔和獭兔。

家兔是最常见的，最好养的。安哥拉兔是毛用兔的品种，称为长毛兔。獭兔是一种皮用型的品种，因其毛皮很像珍贵的水獭，故称为獭兔。这两种兔子都不好养，都需要专门的技术才能养好。

有一天，晓明到徐利杰家中去玩，看见徐利杰正在喂兔子呢。见晓明来了，徐利杰笑着对他说："今天你跟我卖兔子去吧。"

晓明没有听明白，问道："你说什么，要去干什么？"

徐利杰打开一个口袋，晓明一看，口袋里面有一只大白兔。

徐利杰神秘地说："你跟我去把这只大白兔卖了吧。"

"原来是要卖兔子呀！"这可是晓明从来没有干过的新鲜事，问道："这么可爱的大白兔，为什么要卖呀！"

徐利杰说："我也喜欢养兔子。但是，爸爸不让我碰那些高级的兔子，只让我养两只普通的家兔玩玩。我用家里的菜叶喂兔子，一点不费事。后来，我养的兔子长大了，前几天，还生了一窝小兔子，养不起这么多了，所以，爸爸让我卖一只大的。"

"原来是这样，太好了！"晓明终于明白了，于是跟着徐利杰背着布口袋卖兔子去了。

北京城里没有收购兔子的地方，要到郊区很远的供销社才行。晓明跟着徐利杰走了很长的路，轮流背着大白兔，好不容易才找到一个供销社。

这个供销社是一个很小的商店，里面只卖一些农用商品。

徐利杰把装兔子的口袋递给售货员。售货员用秤一称，就说："小朋友，给你3块钱，怎么样？"

晓明听了，心说：3块钱？不少了。

其实，徐利杰也不知道这只兔子到底该值多少钱，立刻点头答应了。于是，售货员把3块钱交给了徐利杰。

忽然，晓明想起一个问题，问道："阿姨，您这里收购兔子有什么用呀？"

阿姨回答："兔子的用途可多了，肉可以吃，毛可以纺线、做毛笔，毛皮可以制衣物。城里养兔子的人很少，农村人多一点。这是因为在农村适合兔子吃的东西比较多，有些人顺手也能养几只。"

阿姨还说："普通的家兔卖不了多少钱，要是安哥拉兔和獭兔，卖的钱就多了。"

"原来是这样，我知道了。阿姨再见！"晓明向售货员阿姨打了招呼，跟着徐利杰走出了供销社。

回家的路上，晓明问："徐利杰，你说，兔子好养吗？"

"家兔挺好养的，有吃的就行，没有那么多麻烦事，我不就养了两只吗？怎么啦，你也有兴趣吗？"

徐利杰多聪明呀，立刻明白了晓明的意思，赶紧说道："这样吧，你先养一只家兔试试，不要养那些高级的，太麻烦。我给你一只养着玩，反正我的小兔子挺多的，养不了那么多，总是要送人的。"

晓明听了高兴地说："行，我也养一只试试！"

过了一段时间，徐利杰真的把一只可爱的小白兔送到晓明家里。

从此，为了养好小白兔，可把晓明忙坏了。

一开始，晓明也学习徐利杰的经验，去跟奶奶说，用每天摘下的那些不能吃的菜叶喂小白兔。

夏天，小白兔还小，晓明家每天不能吃的菜叶比较多，足够小白兔吃了。

小白兔越长越大，越长越可爱。晓明和弟弟一放学就会围着小白兔转，有时还会放在院里玩一会儿。

小白兔可机灵了，瞪着红红的眼睛，摇晃着小脑袋，一蹦一蹦的在院子里陪着晓明和弟弟玩。

小白兔越长越大了。有一次，奶奶拿起小白兔看了看，告诉晓明说："这只兔子是母的，要想生小兔子还要找公兔子去配种呢。"

"什么是配种？"晓明从来没有听说过。

奶奶说："不着急，到时候再说吧。城里养那么多兔子干什么，没有那么多东西吃，养一只还不够吗？"

奶奶不告诉晓明什么是配种，晓明就去找徐利杰。徐利杰也不懂什么是配种，对晓明说："什么是配种，我也不知道。到时候，你把兔子送到我家，交给我爸爸就行了。"

晓明想多养几只兔子，到时候可以多卖几块钱。

不知不觉，晓明养的兔子长大了，终于到了可以生小兔子的时候，晓明把自己的兔子送到徐利杰家去配种。

徐利杰说:"过几天,你再把兔子抱回去。"

过了几天,上学的时候,徐利杰告诉晓明:"我爸爸说,你的兔子配好种了,可以把兔子抱回家了。"

晓明把兔子抱回家以后更加精心了,想看看什么时候才能生小兔子。

不知道过了多少天,大白兔的肚子越来越大了。奶奶看了,问晓明:"你的兔子什么时候有小兔子了,什么时候配种的?"

晓明笑着告诉奶奶:"前些天,我把兔子送到同学家,让他们给兔子配种的。"

奶奶说:"咱家没有那么多吃的,你以后怎么办呢?"

"到时候一定有办法。"晓明自信地答道。

终于,晓明家的大白兔生小兔子了。一开始,大白兔把小兔子藏在兔窝的深处,不让人看见,也不知道究竟生了多少只小兔子。

晓明想打开兔笼看看究竟有多少只小兔子,奶奶不让,告诉晓明:"现在不能乱动,要不然大兔子会把小兔子给吃了。"

过了些天,小兔子长大了,自己跑出来了,一共有 6 只,每只都像一个小毛球,可好玩了。

刚开始,大白兔自己喂奶,小白兔也不用吃什么东西。后来不行了,小兔子也开始吃东西了,而且越吃越多,家里那点剩余的菜叶也不够吃了。这可怎么办呢?

晓明有办法,奶奶是现成的农业养殖专家,请教奶奶就行了。

奶奶说:"我早知道你有今天,还得找我来。这样吧,你先去看看咱们家的周围什么地方有草,然后,我再带你去找找兔子能吃的草。"

在安定门这个地方，什么地方会有草呢？晓明开始在附近找有草的地方。

那时候，国子监里的孔庙是可以随便进的。晓明走进孔庙以后，发现里面真有几片有草的地方。

晓明想，奶奶是一个小脚老太太，走不了太远，国子监的孔庙是最近的，还挺合适的。

于是，晓明背着一个小筐，带着奶奶到孔庙去了。

走到孔庙长草的地方，奶奶的干劲来了。她坐在草地上，用手扒拉着草，教给晓明识别哪几种草是可以喂兔子的。在奶奶的指导下，不一会儿，晓明就拔了一筐草。晓明太高兴了，家里的小白兔终于有口粮了。

小兔子们越长越大，吃得也越来越多。但是，晓明不怕，已经知道什么地方有草了。

但是，好景不长，夏天过去，秋天来到了。孔庙里的草越来越黄，兔子能吃的草越来越少了。这可怎么办呢？

晓明想到，地坛是个大公园，里面的草一定不少。可是，当晓明跑到地坛公园才发现，地坛和孔庙是一样的，兔子能吃的草也很难找到了。

入冬前，北京居民都要储存大白菜。晓明家也要储存大白菜。晓明跟着奶奶到买大白菜的商店一看，地上有很多搬运中掉落的白菜叶，还有几位售货员把这些白菜叶扫成堆，作为垃圾处理呢。

奶奶对晓明说："咱们把这些白菜叶运回家，就可以喂兔子了。再把多余的白菜叶都晒成干，放到冬天，你的兔子不再缺吃的了。"

太好了，说干就干。

晓明回家以后拉上小车，叫上弟弟，一起到安定门的菜站运掉在地上的白菜叶。

售货员不知道晓明要这些白菜叶干什么，还夸奖他们是在做好事呢。

就这样，晓明和弟弟风里来、雪里去，来回好多趟，不停地运掉在地上的白菜叶，一直到菜站没有大白菜的时候才结束。

晓明把那些菜叶放在院子的地上，晒成干以后，足足装了好几麻袋呢。

看着自己和弟弟的劳动成果，晓明十分满意，心说：今年冬天不怕兔子没有吃的了。

冬天来到了，晓明每天都要用干白菜叶喂兔子。兔子也挺逗，它们嚼着干巴巴的白菜叶一点也不烦，吃得还挺带劲的呢。

晓明对着兔子说，没有办法了，只能委屈你们吃这些干菜叶了，等到夏天来了，我才能给你们找到新鲜的草呢。

就这样，一个冬天平稳地过去了。春天来了，孔庙的小草长出来了，绿油油的。但是，小草还太小了，要长到大一点才行。

晓明没事带着弟弟到孔庙和地坛公园转一转，顺便挖点草来喂兔子。在晓明和弟弟的精心照顾下，这些小兔子越长越大，都长得跟兔子妈妈一般大了。

这样一来，晓明的兔笼放不下了，家里的地方太小，没有地方再扩大了，怎么办呢？

晓明想来想去没有办法就去找徐利杰。徐利杰倒是痛快，说道："你还等什么呀，像我一样，卖两只吧！"

晓明还有些舍不得，挺犹豫的。

徐利杰说："这么多兔子总不能养一辈子呀，再说兔子长大了，体重也不会增加多少，不如早早地卖了得了。"

"真的吗？"晓明心动了，于是就说："那先卖两只最大的吧，其他的养养再说。"

徐利杰拍着晓明的肩膀，说："好，早应该这样。我跟爸爸说说，也卖一只，咱们一起去。"

第二天，晓明和徐利杰一起卖兔子去了。当把兔子交给售货员的时候，晓明的心里还挺舍不得，这两只兔子都是自己和弟弟辛辛苦苦养大的呀！

自从卖兔子回来以后，晓明不禁有些飘飘然了，产生了新的梦想。晓明想，要是一只兔子卖 3 块钱，10 只兔子是 30 块钱，真的不少了。

晓明特别喜欢自行车，幻想什么时候会有一辆自己的自行车。买新自行车是不敢想的，只能想旧车了。

为此，晓明常去北新桥的委托商店。在那里，晓明看到了一辆满意的自行车，只要 50 多块钱就能买到了。

晓明幻想着，要是能养二十只兔子，没准将来什么时候还能买一辆旧的自行车呢。旧的就旧的吧，有辆旧自行车骑骑就不错了。

想到这里，晓明的干劲更大了。

夏天来了。让晓明意想不到的事情发生了。

去年冬天剩下的干菜叶还剩下半口袋，但是，兔子都不爱吃了。晓明经常要到孔庙和地坛公园去找新鲜的草来喂兔子。

那一年的夏天，北京下大雨了。这样，晓明不能再到孔庙和地坛公园去找新鲜的草了，只能靠去年冬天剩下的干菜叶凑合了。晓明天天盼着大雨能够停下来，可是，大雨总也不停，连续下了十多天。

当时，晓明家院子里到处都是雨水，胡同里的水都到小腿肚子那么深了。每次喂兔子的时候，晓明都要蹚水才能到兔笼，所以，喂兔子就不及时了。

有一天早上，突然有一位邻居喊起来了："晓明，晓明，快来看看，你家的兔子跑出来了！"

"啊，什么！"晓明一听，赶紧从屋子里跳了出来，就看见一位邻居手里提着一只死兔子。

晓明跑到兔笼一看，果然，自己家兔笼的门都打开了，只剩下一只小白兔，其余的兔子都跑光了。这么大的雨，这么深的水，那些兔子都跑到哪里去了呢？

后来，还是邻居们帮助晓明在排水沟里又找到了一只死去的兔子。可怜的兔子，一定是被雨水淹死的。其他的兔子都不知道跑到哪里去了。晓明看着排水道哗哗的流水，心里暗想，十之八九是顺着排水沟被冲走了。

晓明看着那两只死去的兔子，人都傻了，万万没有想到会发生这样的事情！晓明想，可能因为这些兔子没有吃饱，太饿了，所以才会自己出去找吃的。

晓明十分懊悔，都赖自己，要是提前多准备一点新鲜的草就好了！现在说什么都晚了。

这些兔子都是晓明和弟弟辛辛苦苦养大的，却这么死了，太可惜了！这件事让晓明难以接受，好多天都吃不下饭。兔子死了那么多，晓明的"养兔子卖钱，买自行车"的梦想全都破灭了！

奶奶安慰晓明说："别难过了，这样的大雨是好多年才遇到一次的，不怨你。"

这件事让晓明领略了自然灾害的威力，产生了敬畏自然的意识。

二十二、晓明画了一只小白兔，
第一次图画课受到表扬

图画课是由吴老师担任的，她既是音乐老师，也是图画老师，还教同学们写大字。

对于晓明来说，吴老师教的那几门课都是不好学的，幸亏不是主科，要不然，晓明在班级里的排名就低多了。

在批改同学们的图画作业时，吴老师也没有判5分、4分、3分的，而是写评语，写得比较具体，什么地方比较好，什么地方还可以改进。

吴老师对晓明这样的学生是非常耐心的，她总是十分热情地、笑眯眯地鼓励同学们不断进步。

吴老师说："图画这东西是熏陶出来的，多观察、多练习，就一定会进步的。"

吴老师还说："我建议同学们一定要学好写大字，学好写字是十分重要的，十分实用的。字是一个人的脸面，将来长大了，要是写的字特别难看，那就不好了。大家说是不是？"

晓明觉得吴老师说得很有道理，更加重视写大字了。

但是，写字这件事可不是说重视了就能写好的。不知道为什么，晓明连横平竖直都难以做到，写的毛笔字总是歪歪扭扭的，让人看着特别难受。

有一天放学回家以后，晓明决定不出去玩了，要坐下来认认真真地好好练练大字。

晓明把字模铺在桌子上，运好墨，拿着毛笔认真地写起来。晓明觉得，按照老师的要求拿毛笔真的很别扭，端不住胳膊，也拿不直笔，毛笔在手里总是哆嗦不止。这样一来，他写的大字还是歪歪扭扭的。

晓明折腾了一晚上，浪费了好几张字模，写的大字也还是那个德行！真把晓明给气坏了，一气之下，把毛笔扔到垃圾桶里了。

第二天，晓明在学校见到吴老师的时候把昨天晚上的事说了一遍，还对吴老师说："您看那个毛笔，软乎乎的，总也拿不稳，怎么也学不会。"

吴老师看着晓明那个气呼呼的傻样又好笑又心疼，就安慰晓明说："你不要着急，不论是写大字还是图画都要慢慢来，先要把心情安静下来，像你这样着急上火的，怎么能学会呢？不要着急，老师会慢慢教你的。"

听了吴老师的话，晓明的心里得到了一点安慰，舒服一些了。其实，晓明还是想好好学写大字和图画的，只不过是因为学不好着急而已。

有一次上大字课，吴老师说："字由心生。一个人的字是从一个人的心里生出来，有什么样的心境，就会有什么样的字体。一个人的心里不安静，也会通过写的字表现出来。"

晓明一听更晕了，好家伙，还"字由心生"呢，心生是什么，难道是因为我的心里毛毛躁躁的，所以写的字也是歪歪斜斜的吗？

仔细一想，晓明觉得吴老师的话也是有道理的。晓明想起了赵国平。

赵国平不仅画画得特别好，大字也写得特别棒。

有一次，晓明到赵国平的家里去玩，看见赵国平正坐在桌子旁边画画呢。赵国平画画的时候非常投入，安安静静，连晓明进来都没有察觉。

晓明从后面一看，赵国平正在画民族英雄岳飞呢。

"哎呀！画得真棒！"晓明不仅叫了一声，把赵国平吓了一跳。

赵国平回头看了晓明一眼，又推了晓明一把说："什么时候来的？吓了人家一跳！"

晓明走到桌子前面仔细地看岳飞的画像。在晓明看来，这幅画已经相当好了，把岳飞的英雄气概画得栩栩如生。

赵国平倒是挺谦虚，笑着摆摆手说："画画这东西，道道特别深，我不过是刚入门而已。"

与人家赵国平一比，晓明看出自己的差距究竟有多大了，也许差距真的在心里呢。你看看人家多安静，再看看自己，整天都是毛毛躁躁，打打杀杀，到处乱跑，没有个安静时候，可不是心里静不下来嘛！

赵国平对晓明说："我爸爸说，其实，音乐、唱歌、画画、写大字都是属于文艺领域，文艺领域的东西是相通的，一个学好了，其他也就容易入门了。"

对于赵国平的这个说法，晓明是将信将疑的，有时也会怀疑自己。要不然为什么自己对吴老师的课是十分重视的，但是，自己的画画和写大字还是不行，总也提高不了呢。这让晓明感到很无奈，不由得有些怀疑自己不是学图画的这块料。

为了这事，晓明还专门找过吴老师呢。

吴老师回答说："你不要为这个问题苦恼了。每个同学的文艺天赋的确是有差距的，但是，这是没有关系的。你的算术不就挺好吗？语文也还不错。所以，有些同学在这里好一些，有些同学在那里差一些，各科之间存在一些差距是很自然的。"

"对，对，对，的确是这样。"晓明听了不停地点头。

吴老师继续说道："同学们学习唱歌、音乐、画画、写大字的目的不是为了要大家都去当这方面的专家，而是为了提高同学们的文学素养，拓宽同学们的兴趣爱好，让同学们更加快乐地成长，这才是真正的目的。所以，晓明同学，你只要高高兴兴地去学习，尽了自己的努力就可以了。你看，老师什么时候因为这些事情难为过任何一位同学呢？"

"原来是这样，我知道了，谢谢老师，我一定好好去学！"晓明高兴地答道。

在吴老师的开导下，晓明放下了思想包袱，不再为自己的成绩不理想而苦恼了。

有一次上图画课，吴老师说："同学们，今天的作业是画一张画。大家回家以后可以细细地观察观察，看看自己喜欢什么，喜欢什么就画什么，画什么东西都行。"

吴老师的这个作业可把晓明给难住了，还不如老师在课堂上定一个题目让大家画一画容易呢。这下可好，画什么都不知道了。究竟该画什么呢？晓明犯难了，这次总不能太现眼吧。

回家以后，晓明四处观察起来。看看院子里的大树，高高大大不好画；看看院子里的房子，不好画；看看天上的小鸟，到处乱飞，不好画。那究竟画什么好呢？

晓明在家里家外观察了好几天，也没有发现什么值得画的东西。终于，有些累了，就搬了个小凳子坐在家门口。定睛一看，晓明把目光停留在兔笼子上了。

晓明养了好几年的兔子，有白色的，还有灰色的，这些兔子都是晓明从刚生下来的小兔子养大的，可以说很熟悉了。

突然，晓明灵机一动，干脆画小白兔得了！

想到这里，晓明来精神了，什么都忘记了，专心致志地观察起兔子来。十分奇怪，这几只兔子都是晓明从小养大的，可是现在却好像变得很生疏似的，不认识了！

晓明把小白兔抱在怀里，用手不停地摸着。奇怪！好像自己是在与一个老朋友交流似的，渐渐地，天就黑了。

"晓明，发什么呆哪！该吃饭了！"原来是奶奶在叫晓明吃饭去。

"不着急，不着急，过一会儿再吃！"晓明回答。

奶奶走过来看着晓明："你怎么了，一下午都坐在这里不动窝呀？生病了吗？"说着，奶奶还用手摸了摸晓明的头。

晓明只好跟着奶奶吃饭去了。吃完了晚饭，晓明从兔笼子里抱出一只小白兔，放在桌子上，认真地观察起来。

奶奶看了觉得十分可笑，说道："那只小白兔有什么好看的？你不认识是怎么的？"

奶奶说对了，晓明还真有一种似认识似不认识的感觉。渐渐地，他感觉这只小白兔好像跑到自己的脑海里去了，待了一会儿，这只小白兔又从脑海里出来了，反反复复，真奇怪呀！这是怎么回事呀？

不管怎么样吧，晓明赶紧拿起画笔和纸，快速地画了起来，没过多长时间，他就画了一张小白兔的画。

晓明看着这张画，还是比较满意的，左看看、右看看，自我欣赏了起来。

奶奶在旁边看见了不断地夸赞起来："这张小白兔的画挺有灵气，晓明，你什么时候学会画画啦？"

"我刚学会的。"晓明回答。

"晓明，这只小白兔在干什么呢？看不出来呀？"奶奶问道。

"是呀！"

奶奶一提醒，晓明也发现这张画好像还缺点什么，脑海里立即闪现出给小白兔喂胡萝卜的场景。对了，再加上一根胡萝卜吧。

于是，晓明在小白兔的前面又画了一根胡萝卜。这样一来，小白兔吃胡萝卜的画面就完整了。不管怎么说，吴老师交给的作业算是完成了。

晓明知道，画一只小白兔的确是太简单了，比人家赵国平画的岳飞简单得太多了，也就是一张素描而已。可是没有办法，这是晓明的水平，也只得如此了。

第二天，晓明硬着头皮把这只小白兔的画交给吴老师了。

过了几天，又上图画课了。

吴老师走上讲台开始评述同学们的画了。

吴老师说："这次同学们都能够认真观察，很多同学都有进步。这一次，我要给同学们看看晓明同学的画。"

"什么？要让大家看我的画吗？要现眼了！"晓明一听就懵了。

只见吴老师真的把晓明的那只小白兔的画拿出了，举在手里说："同学们看看，晓明同学的小白兔画得怎么样？"

同学们立刻议论起来了，教室里嗡嗡作响。晓明觉得脸上发烧，真恨不能找个地缝钻进去得了。

吴老师接着说："大家知道，晓明同学平时画画是一般的，虽然这张画看起来很简单，但是很有灵气、很有活力，小白兔与胡萝卜的搭配也比较自然。"

"这是真的吗？我怎么什么都没有看出来呢？"晓明感到十分吃惊，望着吴老师傻了。

吴老师接着说："晓明同学，你能不能把怎样画的这幅画跟同学们讲一讲呢？"

"什么？还要我讲一讲？讲什么呢？"晓明真的不知道说什么好，看着同学们的眼睛都望着自己，最后还是挠着头，慢慢地站起来。

晓明说："我觉得，心里有一只小白兔，所以，画出了一只小白兔呗。"

"哈，哈，哈！"全班同学都被晓明的回答逗笑了。

晓明着急起来，继续说："这是真的，就是这么回事！"

于是，晓明把自己这几天怎么观察小白兔的过程讲了一遍。

听完晓明的故事，吴老师说："晓明同学讲的故事是真实可信的。其实，画画真的是这么回事，观察生活、深入生活，才能画出有活力、有生命力的画。大家看看，晓明同学认真观察，所以画出了有灵性的小白兔。这说明，学习画画并不神秘，只要观察和深入生活就能做到。这就是胸有成竹的意思。"

"对呀！只有胸有成竹，才能画出竹子嘛，要是胸中只有一把乱草，怎么会画出美丽挺拔的竹子呢？"这一下，晓明总算有了亲身体会。

这是晓明在小学期间画得最好的一张画了，也是第一次在图画课上得到表扬。

二十三、晓明喜欢听收音机，
组装收音机受到启发

晓明的家里有一台牡丹牌的电子管收音机，还是比较高级的，听说一台要 100 多元钱呢。

晓明从小最喜欢听收音机了。这台收音机可是晓明的大宝贝，一天也离不开。回到家里，晓明有空就守着收音机听喜欢的节目。

晓明十分纳闷，为什么收音机里会有这么多好听的节目呢？这些节目是从哪里来的呢？难道是从收音机后面的电线中传过来的吗？

有一次，晓明打开收音机的后盖，看到收音机里面都是复杂的电路和几个亮亮的电子管，还有一个很大的喇叭。在晓明看来，这台收音机真是太复杂了，必须保护好才行！

冬天，屋子里的温度比较低，使用收音机的时候，收音机的温度也比较低，不烫手。但是，到了夏天，收音机的温度就很高了。晓明把手放在收音机的上面会有发烫的感觉。

为了保护好收音机，晓明决定，夏天每次开机的时间不能超过两个小时，绝对不能把收音机给烧坏了。

在晓明的那个班里，赵国平也特别喜欢收音机。但是，赵国平喜欢收音机与晓明是不一样的。他特别喜欢组装收音机，从 3 年级的时候就开始摆弄收音机了。

有一次，晓明到赵国平家去玩，看见桌子上有一台矿石收音机。

晓明不禁惊叫起来："哎呀，赵国平，这是你自己组装的收音机吗?"

赵国平兴奋地回答："是呀，这是我自己刚刚组装好的，你也听听。"

晓明听了听，的确可以听到节目，还能选择电台呢，就是有的电台不太清楚，有吱吱的噪声。

不过，在晓明看来，这已经很好了，于是，他把赵国平大大地称赞了一番。

赵国平说："矿石收音机的音质也就这样，好不到哪里去了。过些日子，我还要组装一台更好的晶体管收音机。"

"什么是晶体管收音机?"晓明不解地问道。

赵国平回答说："就是用晶体管组装的收音机呗，反正要比这台矿石收音机更高级，节目更多，音质也要好得多。"

在晓明看来，一个小学生能够自己组装这样的收音机已经够棒的了。可是，赵国平还不满意，还要组装更好的。

晓明也想学一学，但是又担心自己学不会。这可怎么办呢?

晓明问道："赵国平，你是怎么学会组装收音机的呢?"

赵国平回答："咱们还小，学习的知识不够，还看不懂那些复杂的电路原理图。但是，我只要能够看懂收音机的组装图，也能凑合组装。"

说着，赵国平把一张组装图递给晓明。晓明接过来看了看，还是看不明白。心说，这个也够复杂的。可是，为什么赵国平能够看得懂呢？真奇怪！

晓明就说："赵国平，把这张图借给我，我回家以后仔细看看，行吗？"

赵国平答道："行，没有问题，这张图送给你了，我已经没什么用了。"

晓明把矿石收音机的组装图拿回家，仔细地看了一晚上，还是似懂非懂的。

尽管如此，晓明还是想买一套矿石收音机的组件试验一下，要是能够成功就继续下去，要是失败也不再惦记着了。

实际上，对于晓明来说，组装矿石收音机也是很麻烦的，要制作一个小木匣子，还要用电烙铁把每个组件都焊接到线路板上。这些工作都让晓明花费了不少时间。

可是，晓明组装的矿石收音机总有毛病，搞来搞去，收音机要么是不响，要么是偶尔响一下，简直是刺耳的噪音，难听极了，反正是调不出好听的节目。

晓明想请赵国平来帮助一下自己，可是又觉得太麻烦人家了。慢慢地，晓明把这个不成功的矿石收音机给放下了。

赵国平组装收音机的水平却越来越高，居然要组装专业的收音机了。

有一天，晓明到赵国平家去玩，看见赵国平的桌子上增加了很多新的电子器件，还多了一台电子仪器。

晓明没有见过这台电子仪器，问道："赵国平，这是什么？什么时候鸟枪换炮啦？"

"这是万用表，调试晶体管收音机时用的，是爸爸帮我借的。"赵国平答道。

赵国平说："你看，这是万用表的测试笔，用它可以测试电压和电流，调试专业收音机可是少不了这个东西呢。万用表可贵了，一只要60多元呢。"

"这么小的东西，怎么这么贵呀！我家的牡丹收音机那么大，才100多元！"晓明有些吃惊地说。

"不能那么比，这两个不是一类东西。"赵国平说。

接着，赵国平滔滔不绝地向晓明介绍万用表的功能。他一边说一边操作，嘴里不停地说着："晓明，你看看，这是电流，这是电压，这是电阻……"

晓明只看见表盘上的指针不停地从左边摆到右边，忽闪过来，忽闪过去，把眼睛都看晕了，也没有搞明白这究竟是什么意思。

但是，也不能扫人家的兴呀！晓明只得应付着说："好好好，是是是，对对对，真不错……"

这种敷衍的态度，让晓明内心感到不安，觉得自己有点对不住赵国平的那股子热情。

过了几天，赵国平的专业晶体管收音机装好了，专门叫晓明试试新鲜。晓明打开收音机一听，声音响亮，音质真棒，还什么台都有！

不过，晓明觉得，这台晶体管收音机的声音与牡丹牌电子管收音机相比还是有区别的，声音显得没有那么柔和，好像有点生硬的感觉。

这就很不错了！还想要多好呢？晓明已经很满足了，十分羡慕地问："赵国平，你的技术提高得真快，怎么学的呀？"

赵国平回答说："我自己哪行呀，我是到少年宫的无线电班去了，

148

这是在老师的指导下组装的。我就是爱好这玩意，一组装收音机就把时间都忘了。"

通过组装收音机这件事，晓明似乎悟出了一个道理。

说起来，晓明对待每一门功课都是认真努力的，但是，并不是每门功课都很好。晓明发现自己的算术和语文还可以，而唱歌和画画就很一般了。为什么自己都认真努力了，可是学习的效果却不一样呢？

同样都是一个班里的同学，赵国平组装收音机特别灵，连专业晶体管收音机都会组装。而晓明用了很大的力气却学不明白，总是似懂非懂，遇到问题也不知道该怎么办，最终还是没有组装出一台矿石收音机。

这说明了什么问题呢？晓明觉得，这说明一个人做事情不能盲目地跟随别人，不是别人干什么，你就干什么。

因为每个人之间是有差异的，各自的优势和特长不一样，如果能够发挥出自己的优势和特长，才容易获得成功。

可是，怎样才能知道自己的优势和特长是什么呢？这需要通过不断地摸索才能知道。

这很像用收音机搜索节目的过程。只有不断地转动旋钮去搜索，才能找到自己喜欢的节目。毕竟，喜欢不喜欢只有自己才知道，别人喜欢不等于自己喜欢。

拿赵国平来说吧，要是他什么都不做，怎么会知道在组装收音机的方面有优势和特长呢。或者说，发现优势和特长也是不断探索的结果。

如果不能发现自己的优势和特长，等于没有优势和特长，要想获得成功，困难就大多了。这是为什么做同样的事情，结果却大不一样的原因之一。

二十四、舅舅从湖北来，讲了鲁班的传说

有一天，妈妈跟晓明说："舅舅要从湖北来了。"

当时，晓明的心里就是一动，心说：怎么舅舅要来了？这么多年都没听说过湖北老家的消息，也没什么人来，感觉挺新鲜的。

在晓明的印象当中，舅舅来北京是一件很新鲜的事情。

以前，晓明家来的亲戚朋友都是河北的人，大多数都是贫下中农。而湖北老家的亲戚很少来北京，什么印象也没有。这好像是第一次。

有一天，晓明放学一到家，就看见有一位叔叔坐在桌边的椅子上。

妈妈对晓明介绍说："这是舅舅，刚到的。"

舅舅站起来，十分客气地说："这是晓明吧，你好！"

晓明赶紧走过去，也说了一句："舅舅好。"

晓明对舅舅感到有些生疏，说完就到里屋去了。

晓明坐在里屋的床上，从门缝远远地观察舅舅。说句老实话，舅舅给晓明的第一个印象是很新奇的，和自己预先想象的大不一样。

为什么说大不一样呢？这是因为晓明早就有了一个先入为主的印象。他已知道，妈妈家在解放前是有钱的工商业，舅舅是不是像电影里的少爷那样呢？

电影里少爷都是什么样呢？大都是游手好闲、好吃懒做、无德无才的形象，还有一些恶霸地主的少爷更是穷凶极恶、罪大恶极的形象。

可是，舅舅给晓明的印象完全不是这样的。舅舅给晓明的第一印象是非常客气、非常温柔的形象。舅舅的个子比较高，声音很低，很年轻，很清秀，而且看上去是文化素质比较高的那种人。

舅舅经常跟晓明和弟弟一起聊天、玩游戏，还跟他们一起看小人书，讲小人书里的故事。其中有一本叫《牧鹅少年马季》，挺好玩的。

妈妈上班很忙，平时是晓明陪着舅舅在家里。有一次，舅舅问晓明："家里有锤子和钉子吗？我看家里的椅子快坏了，我没事，想修一修。"

晓明说："有是有，就在床底下，我来找。"

说着，晓明从床下找出一把锤子和一个装钉子的小木盒。

舅舅说："你看，这把椅子，摇摇晃晃，再不修理一下，不知道什么时候就倒了，是会伤人的。"

过去，晓明也知道这把椅子摇摇晃晃的，但是，却从来没有想到要修一修。

只见舅舅三下五除二地把椅子修好了，看上去十分简单容易的样子。晓明坐在椅子上试了试，一点也不晃悠了，修好了！

这一下，晓明可高兴了，忙跟舅舅说："您真棒，您还会修什么呢？"

舅舅笑着回答："我就会一点木匠活，一般的木匠活都还行吧。"

晓明立刻提出新要求了，说道："舅舅，您会做小木车吗？是用来买菜、买粮食、倒脏土用的那种小拉车，三个轱辘的。"

舅舅说："那种小拉车很容易做，需要到商店买轮子、车轴和几块木板就行了。"

说干就干，晓明立刻拉着舅舅到最近的五金商店买了车轮子和车轴，再到附近的木材商店挑了两块木板。晓明还到邻居家里借了一把木锯，交给舅舅。

只见舅舅把这些东西放在院子的地上，叮叮当当地干起来，没有一个小时，一辆小拉车就做好了！这是一辆三个轮的小拉车，前面一个轮，后面两个轮。舅舅说，三个轮的比四个轮的拐弯方便，拐弯的时候慢一点就行了。

晓明可高兴了，有了这辆小拉车，买菜、买粮食、倒脏土轻快多了。晓明早就见过很多人家都有这种小拉车，今天自己也有一辆了！

晓明一高兴，拉着小车在院子里转起圈来，引来不少邻居问："晓明，这小车是谁帮你做的？"

晓明就答道："舅舅帮我做的，舅舅什么都会，还会修椅子呢。"

晓明这一说给舅舅招来事了。邻居们听说舅舅会修理家具，把舅舅请到家里修理家具，主要是修椅子、床腿和柜子腿。

舅舅走这家、串那家，很快与邻居的关系很融洽、很自然了。

每次，晓明都要跟着舅舅去看修家具。舅舅的神情，十分轻松，一点也不累，十分安静，细致入微，一副欣慰满足的神情。

妈妈说："舅舅的木工手艺是挺好的，别说修家具了，要是有木匠工具，什么家具都会做。舅舅制作的家具在当地的口碑是很好的。"

这可是出乎晓明想象的事情。在晓明的印象中，像舅舅这种生活在富裕家庭的人，应该是不会做重体力劳动的。

晓明多次听妈妈讲过周总理的故事。

妈妈说，周总理的家里书香气浓郁，他很早就参加了革命，参加了中国人民的解放事业，全心全意为人民服务，为我们做出了好榜样。一个人家庭出身是不能选择的，但是，走什么道路却是可以选择的。只要能够像雷锋那样，干一行、爱一行、专一行，同样能为国家做出贡献。

从此以后，晓明对舅舅的看法发生了很大的改变，不再把舅舅看成少爷公子，而是看成一个能够努力工作，为国家和人民做贡献的好木匠。

时间长了，舅舅与晓明熟悉起来，给晓明讲了一些湖北老家的风土人情。舅舅说，湖北老家是在一个依山靠水的古镇，十分秀美，文化底蕴也很深厚。

根据舅舅的说法，姥爷大概也算当地的开明绅士吧。遇到灾年，姥爷家都要赈灾，救助当地的穷人。解放前，姥爷家还帮助过当地的共产党游击队，为他们筹备粮食和药品。姥爷还当了十多年的校长，有很多学生，在当地有良好的口碑。

晓明心里一直有个疑问，大胆地问道："舅舅，您那个地方有像黄世仁那样的地主恶霸吗？"

舅舅听了，表情显得有些严肃，说道："像黄世仁那样的地主恶霸全国哪里都是有的，咱们湖北老家当然也有几个。新中国成立的时候，那些有血债的、被老百姓控诉的、有罪行的地主恶霸都被镇压了。"

舅舅接着说："我们家属于资产阶级工商业，主要是做农产品方面生意的，还有一些土地和房屋，只要好好经营，不违法，国家的政策是保护的。"

"晓明，你知道国旗代表什么意思吗？"舅舅问道。

"没有听说过，只听说过红领巾是国旗的一角。"晓明回答。

舅舅说："我听湖北老家的干部说，五星红旗的本意是：红色，象征革命；五星呈黄色，有象征中国人为黄种人之意。大星代表中国共产党，四颗小星代表工人阶级、农民阶级、小资产阶级（知识分子）、民族资产阶级，四颗小星环绕于大星之右，并各有一个角尖正对大星的中心点，象征中国共产党领导下的革命人民大团结和人民对党的拥护。"

舅舅接着说道："但是，解放后，姥爷和姥姥都不经营工商业了，把全部产业都交给了地方政府，只按照规定留下一些日常生活的房子。姥爷和姥姥都说：'到了新社会，应该靠劳动生活了，不能再像旧社会那样生活了。'"

晓明好奇地问道："姥爷和姥姥靠劳动生活能行吗？"

舅舅说："那有什么不成的？他们说，还是靠劳动生活得好，心里舒服，旧社会是不好的，那样活着心里不舒服。其实，姥姥是出身于佃户的，后来嫁给姥爷。姥姥干什么农活都没有问题。姥爷是个文化人，不会干农活，还是搞些文化教育。"

晓明问道："舅舅，您为什么没有做农活，而是想起做木匠的呢？"

舅舅笑着回答："我从小喜欢鲁班的故事，也想当一个鲁班那样的人，所以就学木匠了。"

晓明第一次听说鲁班这个名字，于是问道："鲁班是谁，都有什么故事呢？"

舅舅说道："鲁班是古代春秋时期鲁国人，著名工匠家，被后世尊称为中国工匠师祖。

木工师傅们用的手工工具，如钻、刨子、铲子、曲尺，划线用的墨斗，据说都是鲁班发明的。每一件工具的发明，都是鲁班在生产实践中得到启发，经过反复研究、试验出来的。鲁班的手艺巧夺天工，非常高明。传说他曾用木头做成飞鸟，在天上飞三天三夜都不下来。"

舅舅越说越高兴，对晓明说："你听说过《画龙点睛》的故事吗？"

晓明回答："没有，画龙点睛是怎么回事？"

舅舅说："这是一个关于木匠的神奇故事。传说，如果能够做一条与真龙一样的木龙，那么，这条木龙就能变成真龙，腾云驾雾地飞到天上去。于是，有一个木匠以为自己的手艺好，就做了一条木龙。但是，这条木龙却不能变成真龙，不能飞到天上去。这位木匠实在没有办法，看不出哪里出了问题，只得去请自己的师傅。师傅来了，围着木龙转了一圈，拿起笔来，在木龙的眼睛上点了一下，这条木龙变成了真龙，腾云驾雾地飞到天上去了！这个故事说明，学无止境，一个人不论到什么时候都要谦虚谨慎，要知道，人外有人，天外有天啊！"

舅舅讲《画龙点睛》的故事给晓明留下了深刻的印象，知道了"学无止境，谦虚谨慎，人外有人，天外有天"的道理。

看着舅舅热心为邻居修家具的身影，晓明想到了妈妈和吴老师，虽然妈妈、舅舅和吴老师都是出身于资产阶级家庭的。但是，到了新社会，他们都在学习周总理，都在自己的岗位上努力地工作。就说舅舅吧，他立志成为一个像鲁班那样的好木匠，这不是很好吗？

二十五、晓明到景山少年宫活动，
听讲解员讲"歪脖树"的历史

在课余时间，晓明和同学们去得最多的地方之一是景山公园。

景山公园地处北京城的中轴线上，占地 23 公顷。南与紫禁城的神武门隔街相望，西邻北海公园。

万春亭位于景山的中峰，中峰的相对高度为 45.7 米，是北京最高和最佳的观景点。

从万春亭上，可以南看故宫金碧辉煌的宫殿，北看中轴线的钟鼓楼，西看北海的白塔。

在晓明和同学们看来，景山公园的地方很大，玩得开，刮风下雨都不怕，还不要钱。而且，这个地方有少年宫，大家也是常来玩的。

晓明最喜欢站在万春亭上看北京的景色，东西南北都特别美丽，尤其是站在山顶看南面的故宫，无论冬天还是夏天，看起来都十分壮观！

捉迷藏，把人走丢了

到景山玩什么呢？最喜欢的活动是爬山。晓明和同学们把景山的每一条小路都爬遍了。景山里有很多古树，十分茂密，捉迷藏也很好玩。

有一次，赵国平提议大家玩捉迷藏，捉到谁，谁要买好吃的。没有想到，景山太大，十多个小孩子跑进去就没影了。大家藏来藏去，最后，徐利杰和王萍萍两位同学不知道藏到什么地方去了，与大家走散了。

晓明说："这下坏了！没法向人家的家长交代了。大家一起出来的，少两个人怎么回家呢？"

大家都着急起来，在景山里东找西找，使劲喊也没用，围着景山走了两圈也找不到，看来双方是走错方向了。

这可怎么办呢？还是刘素华脑子灵活，她说："咱们到回家的那个门口去等，他们一定会从那里出来，一定会遇见的。"

最后，结果还真是这样。

等到下午一点，终于看见徐利杰和王萍萍筋疲力尽地走出来了。刘素华猜对了，他们也到处找晓明他们，所以，耗到这个时候才出来。

回家以后，家里的大人都埋怨，不停地问，为什么这么晚才回家？是出什么事了吗？

同学们都没有敢跟家长说差点走丢了，怕他们着急，不让出来玩了。不过，从此以后，晓明和同学们再也不敢在景山里玩什么捉迷藏了，不管走到哪里，大家都前后照应，不再分开了。

爬小雪山

有一年冬天，北京下了大雪。晓明和同学们又到景山去了。他们从安定门出发的时候，大街上满地都是雪了，每走一步，脚下都咯吱咯吱地响，走到景山的时间也比平时多了一倍。

那一天，景山可漂亮了，远远望去，白雪皑皑。他们走到山脚下近前一看，整个景山全是白色的，过去熟悉的山路都被大雪埋上了。

怎么上山呢？赵国平说要从西边的大路上山，西边平坦。刘素华说要从正面的路上山，比较近一点。可是，晓明提议找一条小路爬上去，体会一下"爬雪山"是什么滋味，这一定惊险刺激！

大家一听就热烈讨论起来了。最后，大家还是决定挑战一下，好不容易遇见景山的大雪，不刺激刺激可惜了！

于是，晓明走在最前面趟路，谁让他最积极呢！大家跟在晓明的后面，沿着过去熟悉的一条小路向山上爬。

可是，这条路很多地方的雪很深，最深的地方都到小腿肚了，走起来浑身无力，抬不起腿来，使不上劲。这一路，他们连拉带拽，连滚带爬，每个人都打了几个滚，浑身都是雪，脚下的感觉特别凉，冻得生疼。

费了好长的时间，晓明和同学们终于爬到山顶了。每个人的头上都是汗，脚下的棉鞋都湿透了。

晓明和同学们站在万春亭向故宫望去，整个故宫都是冰雪世界，晶莹剔透，真壮观！故宫也从金碧辉煌变成了"银碧辉煌"，与夏天的景色完全不一样了！同学们都说，故宫的雪景太美了，这一次没有白来！

这一天，晓明和同学们回家比较晚，大约下午3点多钟才到家，中间还在一个小饭馆休息了一会儿，买了火烧，喝了一点热水。虽然每个人都很累、很冷、很疼，但是都很高兴，终于体会了一下爬"雪山"是什么滋味了！

晓明想，爬一个景山这么费劲、这么辛苦，当年红军爬那些真的大雪山还不知道多难呢！

"歪脖树"的故事

春天到了。有一次，晓明和同学们跑累了，正在最高的万春亭上休息，忽然来了一小群人，走在最前面的是一位阿姨。阿姨一边走一边向后面跟着的人们介绍景山公园的景点和故事。

阿姨指着南面的故宫对大家说："十分遗憾，故宫闭馆了，只好带大家到这里来看看故宫的全景。"

这群人向南面的故宫望去，晴空万里之下，故宫金碧辉煌，闪闪发光！人群惊呼起来了！他们拿着照相机，纷纷照相留影。晓明在旁边看着也十分自豪，心说：这可是北京最壮美的景色之一呢！

阿姨开始详细介绍了。

她说："故宫也叫紫禁城，是中国明朝和清朝的首都，历经数百年，是中国古代最大的宫殿和建筑群。我们站在山顶向南看，这条中轴线一直到天安门、前门和永定门。"

晓明这才明白，原来这群人是到北京旅游的。于是，晓明和同学们就跟着他们走，看看他们都说些什么，怪有趣的。

阿姨越说兴致越高，继续说道："除了在万春亭看故宫以外，景山最著名的景点是明朝最后一个皇帝朱由检吊死的地方了。大家跟我来，不去看看太遗憾了。"

说完，阿姨带着人群从万春亭东面的路开始下山。一路上，弯弯曲曲，高高低低。这条路，晓明走了很多次，从来也没有觉得有什么特别的景点。

在山脚的一个地方，阿姨站住了，指着一棵"歪脖树"说："大家看看，这就是崇祯皇帝上吊的地方。"

人们围着"歪脖树"仔细地看着，不由得叹息起来，都说，没有想到，崇祯皇帝就是吊死在这么个地方啊……

然后，阿姨详细地讲了下面的故事。

崇祯十七年三月十九日（1644 年 4 月 25 日），崇祯皇帝朱由检站在景山半山腰的这棵歪脖树下，回头望着身后的紫禁城，发出了最后充满怨念、愤恨的呐喊！此时，陪伴他一起赴死的只有一位忠心耿耿的老太监，其他的大臣们都忙着欢迎李自成去了。

李自成的起义军攻入北京城后，找遍皇宫都没找到朱由检。结果有人来报，朱由检吊死在景山东麓的一棵"歪脖树"上，而且整个人头发是披散开的，覆盖住了脸部。有人猜测，这是崇祯皇帝故意搞的，表示自己无颜见列祖列宗！

李自成还亲自到景山看了吊死的崇祯皇帝和遗诏，安葬了崇祯皇帝。从此，大明朝终结了。

后来清军入关后，为了笼络人心，把崇祯皇帝吊死的那棵"歪脖树"定为"罪槐"，还用大铁链拴住，而且规定每个清朝官员到这里后都要下马行礼。意思是告诉明朝的遗老遗少们，不是我大清"杀了"你们的皇帝，而是这棵"罪槐"杀的！

有位游客问道："崇祯皇帝上吊死了，后面的李自成怎么样呢？"

阿姨说："李自成给后人留下了极大的教训。李自成的农民起义虽然推翻了明朝，可是也犯了很多错误。李自成在北京当了 42 天的皇帝，就被吴三桂的军队和满洲军队打败。李自成退出北京后很快也战死了，这次农民起义也失败了。从此，中国建立了清朝。"

有位游客问道："李自成的起义军是怎么产生的，为什么有这么大的力量呢？"

阿姨说："这个问题太复杂了，我水平有限，怕说不好。在中国历史上，多次出现改朝换代的事情。虽然改朝换代的原因不一样，但是统治集团的腐败和自然灾害是最常见的两大原因。明朝也是这样的，腐败和自然灾害让老百姓生活不下去，最后就造反起义了。水能载舟，也能覆舟。"

阿姨继续说道："在故宫里有个钟表馆，里面有很多外国进贡的非常漂亮的钟表，一排一排的。

如果把每个朝代看成一座钟表，中国朝代变更的历史很像那一排排的钟表。虽然每个钟表的外形是不一样的，但是钟表内部的结构和原理都是类似的。每个朝代的中心都是皇帝，一切都是以皇帝为中心运转的。明朝不过是很多个朝代中的一个，李自成的起义军不过是推翻了明朝而已。总之，就是一个朝廷灭亡了，又建立一个新的封建朝廷的周期过程。

如果把最后一个钟表看成清朝，把清朝前面的那座钟表看成明朝，一个一个向前排，连接起来，就可以看到中国封建历史周期律，很像摧毁一座旧钟表，再打造一座新钟表的循环过程。

1840 年鸦片战争后西方列强强迫中国签订了一系列不平等条约。中国开始逐步沦为半殖民地半封建社会。

1949 年，中华人民共和国成立，实现了中国从几千年封建专制政治向人民民主的伟大飞跃。中国人民从此把命运牢牢掌握在自己手中，成为国家、社会和自己命运的主人。"

听了阿姨的讲解，晓明和同学们都听呆了。看着那棵不起眼的"歪脖树"，晓明不由得感叹道："真没有想到，这棵'歪脖树'背后有这么大的学问哪！"

阿姨和游人们走了。但是，晓明和同学们却没有走，大家围着"歪脖树"，左看看，右看看，不由得感叹着。

从此以后，晓明路过这棵"歪脖树"的时候都忍不住停下脚步多看一看。有时候，晓明也会向周围的人介绍一下"歪脖树"的那些惊心动魄的历史故事。

二十六、晓明错过最宝贵的机会，终身遗憾

1964 年的一天，晓明刚走进学校就遇见吴老师了。吴老师叫住晓明，通知他星期天到另一所学校参加校外活动。

晓明连声说："行，好的，我一定准时参加活动。"

晓明已经多次参加过校外活动了，吴老师的通知与过去的校外活动并没有什么两样，也没有强调什么注意事项。

到了星期天，晓明按时到那个学校去参加活动了。

走进那所学校以后，让晓明感到十分惊奇。

为什么惊奇呢？因为，在这个所学校里，晓明连一个认识的同学都没有。原来，全校只有晓明一个人来了，本年级的同学没有，高年级的同学也没有。

顿时，晓明感到浑身不自在起来，左看看、右瞧瞧，不知所措，十分拘谨。

大约有几十个同学参加这项校外活动，男同学和女同学都有。当时是夏天，比较暖和，女同学穿的是裙子，男同学穿的是短裤。

不一会儿，来了一位年轻的女老师。女老师招呼同学们说："同学们好，今天由我来负责这项活动，同学们先围成一个圆圈，快快！"

很快，同学们在操场围成了一个大圆圈。女老师站在大圆圈的中间说："同学们，今天的活动是由我来教大家跳舞！同学们看好了，跟着我学就行了。"

晓明一听都傻了，心说，啊哟，原来是学跳舞呀，吴老师怎么也没有告诉自己一声呢。

跳什么舞呢？在女老师的指挥和口令下，同学们一会儿拉起手来往左边走一走，一会儿拉起手来往右走一走，就这么转来转去的。

女老师十分热情地教同学们跳舞，做示范动作，还不停地喊着节拍，同学们都跳得挺高兴。

但是，对于学跳舞的校外活动，晓明却是第一次参加，感到很生疏。晓明的左边和右边都是女同学，她们倒是很大方，主动跟晓明拉着手跳舞。而晓明反而很不习惯，总觉得迈左腿不对，迈右腿也不对，身体僵硬跟不上趟。

晓明心说，这些同学们都不认识，就在一起跳舞，多别扭呀。

平时，晓明不会跳舞，也不喜欢跳舞。一个小男孩喜欢打打杀杀的，平时都玩这个，突然学跳舞感到很不习惯。

那一天，女老师教完跳舞，同学们就解散了。当时，女老师也没有说以后怎么办，还来不来。晓明也没有问下个星期怎么办，还来不来了。

由于晓明不喜欢跳舞，对这项跳舞的校外活动也不熟悉，以为吴老师让自己去参加一项校外活动，自己去过一次就行，以后去不去无所谓。所以，晓明没太当回事，去过第一次后不再去了。

实际上，对于这项校外活动，老师、学校和晓明都是不够重视的。晓明回来也没有跟老师说，我不去了。吴老师也没有问，你去了以后都做什么了？感觉怎么样？下次还去不去？所以，这个事就给撂下了，不管了。

大概过了几个月的时间吧。

有一天，晓明一走进学校的大门，不论认识的老师或者不认识的老师，每遇见一位老师，这位老师都会拉着晓明问道："你是晓明吗？你怎么不去学跳舞呀？太遗憾了，咱们学校里就这一个名额，没有见到毛主席！"

啊！晓明一听，吓了一大跳！心说：这是怎么回事？

晓明急忙向同学打听，赵国平告诉晓明："你参加的那个学跳舞的校外活动，是北京市从各个学校里找的同学，参加大型音乐舞蹈史诗《东方红》演出的，而且这些同学就坐在毛主席的前面，都见到毛主席了！"

什么？这是真的？晓明一听就傻了，心里咚咚地乱跳，脑袋里面嗡嗡作响，脚下发虚，身子也一飘一飘的。

晓明从幼儿园到小学，到处都是毛主席的画像，从小说要做毛主席的好孩子，好好学习，天天向上。

人们对能够见到毛主席是非常重视的，这可是非常荣幸和幸福的大事。晓明和同学们很重视，老师也很重视。但是，大家对大型舞蹈史诗《东方红》并不了解，只是说没有见到毛主席太遗憾了。

当时，晓明除了感觉很遗憾，还没有什么其他的感觉。

这个事在老师中影响比较大，从那以后全校的老师都认识晓明了——就是这个小男孩，没有去参加《东方红》的演出，咱们学校只有一个名额，结果他没有去，没见到毛主席。从此，老师们都认识晓明了。

陈老师、何老师和吴老师看见晓明的时候也都问过晓明是怎么回事，晓明只得如实地说一遍。还好，这些老师除了表示很遗憾以外，倒也没有批评晓明。毕竟这种事实在是太少了，老师和同学们也都没有遇见过，可遇不可求，说什么都晚了，即使吸取教训，以后也遇不到了。

很快，大型舞蹈史诗《东方红》的有关消息在报纸、广播上陆续出现了。

最震撼人心的消息是什么呢？

突然有一天，收音机里传出了一个非常惊人的消息，10月6日，毛主席观看了《东方红》的演出！

10月16日下午，国家领导人在人民大会堂宴会厅亲切接见了参加《东方红》创作和演出的全体人员。

在接见开始时，周总理兴奋地向大家宣布了中国首次原子弹爆炸成功的喜讯，全场欢声雷动。

这一下全国就沸腾了！

北京的大街小巷，人们都欢呼跳跃，热烈庆祝原子弹爆炸成功！大涨了中国人民的志气，鼓舞了中国人民的信心。

中国人民历经三年严重困难时期，不屈不挠顶住美帝国主义的巨大压力，自力更生，奋发图强，万众一心，克服难以想象的困难，付出了极大的牺牲，才使原子弹爆炸成功，从而为中华民族的发展和国际地位做出了巨大的贡献！

这么重要的消息居然是在接见《东方红》全体演职人员的时候公布的，这一下就把《东方红》也推向高潮了。

大家才知道这个《东方红》演出这么重要啊！以前谁知道呀，根本不知道大型舞蹈史诗《东方红》是怎么回事。

这一次，晓明看到原子弹爆炸的照片了，原来就是一个巨大的蘑菇云啊！

看了这些照片以后，晓明心里说不出来是什么滋味，自己有机会参加，却没有参加，要是去了，说不定坐在毛主席前面的也有自己呢。我可真傻，这么好的机会就这么错过了……

这是小学期间，晓明最遗憾的一件事，甚至是一生最遗憾的一件事了。

晓明没有参加《东方红》的演出，感到很遗憾，于是，他特别想亲眼看一看《东方红》究竟是什么样的，为什么这么重要啊？

好不容易，第二年，《东方红》拍成了电影。

有一天上午，何老师在课堂上高兴地宣布："同学们，咱们学校已经订了《东方红》的电影票，机会非常难得，每个同学都要参加！"

等了好几天，晓明和同学们终于走进交道口电影院，马上就要看到《东方红》了。那一天，一共放映了好几个电影。

第一个电影是国家领导人接见《东方红》全体演职人员的纪录片。国家领导人都走出来接见演职人员，并且与大家合影。那些参加演出的小同学都戴着红领巾，真的坐在毛主席前面。

第二个电影是中国原子弹爆炸成功的纪录片。

晓明被原子弹爆炸的场面惊呆了，银幕上全是刺眼的光亮，什么也看不见，过了一会儿才看到蘑菇云冉冉升起的场面，看到解放军战士们高兴得又蹦又跳，全场也热烈高呼起来！

最后就是电影《东方红》了。

《东方红》电影的每一场都十分精彩，歌曲感人，舞蹈优美。

晓明非常喜欢《松花江上》《红军不怕远征难》等歌曲。

但是，让晓明最期待的还是小同学们的舞蹈是什么样的。晓明很想看看那些舞蹈是不是很复杂，看看自己是不是也能学会。

终于，《歌唱祖国》的乐曲响起来了：

五星红旗迎风飘扬

胜利歌声多么响亮

歌唱我们亲爱的祖国

从今走向繁荣富强

歌唱我们亲爱的祖国

从今走向繁荣富强

越过高山，越过平原

跨过奔腾的黄河长江

……

这时，小同学们戴着红领巾伴着《歌唱祖国》的乐曲出场了。他们挥舞着手里的鲜花，跳着欢快的舞蹈在舞台上走来走去，场面非常热烈，激动人心。

在热烈的气氛中，晓明似乎有一种异常的感受，好像自己不在座位上了，也融入小同学们的舞蹈当中去了，身不由己地晃动起来。

突然，身边的赵国平推了晓明一把："晓明，你干什么呢？怎么手舞足蹈起来了！"

晓明毫不思索地回答："我学跳舞呢！"

赵国平感到很奇怪，就取笑说："你早干什么去了，让你学跳舞的时候，你不去，现在倒学起跳舞来了。你要早学了跳舞，也在电影里了！"

晓明被赵国平推醒了，不乱晃了，心里对自己说："是呀，你早干什么去了！真是太笨了！"

不知为什么，突然，晓明感到自己的眼睛里热乎乎的，原来是眼泪控制不住地流下来，别提心里多难受了，心说：这个赵国平真可气，哪壶不开提哪壶，可是人家说得对，毕竟是自己做错了，有什么办法呢？

这个时候，晓明更加理解学好音乐课的意义了。怨不得吴老师那么耐心细致地教同学们学音乐，连国家领导人都这么高度重视呢！

在《东方红》最后一场结束以后，全场的观众起立，在一位年轻叔叔的指挥下高唱《国际歌》。这时候，小同学们再次登场了，大约十几个小同学手举鲜花走上舞台中央，指挥叔叔的前面大约有 10 多排少先队员站舞台的最前面。

全场一万名观众起立高唱《国际歌》，庄严雄壮，震撼人心，将《东方红》推向了最高潮！

起来，饥寒交迫的奴隶，

起来，全世界受苦的人！

满腔的热血已经沸腾，

要为真理而斗争！

旧世界打个落花流水，

奴隶们起来，起来！

不要说我们一无所有，

我们要做天下的主人！

这是最后的斗争，团结起来到明天，

英特纳雄耐尔就一定要实现。

这是最后的斗争，团结起来到明天，

英特纳雄耐尔就一定要实现！

电影结束以后，电影院的灯一亮，赵国平突然看着晓明说道："晓明，你哭了吧？"

晓明赶紧否认说："我没哭！谁哭啦？"

赵国平说："还骗人呢，没哭怎么变成熊猫眼了，赶快到卫生间洗洗，让大家看见，都要笑话你呢！"

晓明这才想起，一定是自己刚才抹了两把眼泪，把脸抹花了，于是赶紧低下头跑到卫生间。晓明找到一面镜子，抬头一看，可不是吗，也许是自己的手脏了，上面有土，一擦就把脸变成"熊猫"了。晓明赶紧用清水洗了又洗，然后才干干净净地走出电影院。

晓明对着门口等他的赵国平笑了笑，说："谢谢，要不是你，我今天出大洋相了！"

大型舞蹈史诗《东方红》在中国产生了非常巨大、长远的影响，很多优美动人的歌曲广为流传，一直为广大人民所传唱，在中国音乐舞蹈的历史上有着非常重要的地位，在歌颂中国革命历史的意义上也是独一无二的。

每当听到《东方红》中那些歌曲的时候，晓明就会想起自己这段奇异的、非常遗憾的经历。

晓明错过了最宝贵的机会，没有能够参加《东方红》的演出，也没有见到毛主席。这是晓明在小学期间最大的遗憾，也是终身的遗憾。时间过得越久，这件事的分量就越重，就感到越遗憾。

二十七、晓明成为学校第一个上电视的小学生

在晓明的班里，王萍萍是语文课代表。晓明看小人书的时候，王萍萍已经能看大本的小说了。可见，晓明与王萍萍的差距还不小呢。

王萍萍的作文写得很好，好几次被老师作为范文在课堂上朗读。

在五年级的时候，王萍萍写了一篇散文居然在文学杂志上发表了！

这可是很少见的新鲜事。一般的小学生写的文章能在少年报上发表就不错了，王萍萍的文章居然发表在文学杂志上了，这可是很多大人也做不到的事。据说，文学杂志的编辑还专门把王萍萍请到编辑部去谈话，还要跟她继续约稿呢。

这件事对全校师生都是一个极大的激励和鼓舞，校长和老师们都很高兴，要同学们向王萍萍学习，多写文章发表，为学校争光。

晓明十分羡慕和佩服王萍萍，你看人家家里那么困难，每天都有很重的家务劳动，学习还这么好，平时也不言不语的十分谦逊。

但是，像王萍萍那样去发表文章却是晓明想也不敢想的事情。在晓明看来，自己的语文水平顶多就算中上等，文学水平更谈不上了，平时交一篇语文作文还可以，其他的事情还是别想了吧。

一天下午，何老师在放学之前念了一个名单，说以下这些同学留下

171

来有事，其中也有晓明，大概有五六个同学吧。

何老师说："上面通知有个征文的活动，要求每个班都参加，咱们班的同学也要写几篇，要是能选中了，这也是为学校争光的好事。"

但是，对于征文的内容，何老师只说是"社会的热点问题"就可以，并没有具体说明征文的内容和范围，而是要同学们根据自己的观察、听广播、看报纸来写一篇文章，交给上面试试看，一个星期交稿就行。

写征文对晓明来说还是第一次，心说自己能行吗？在他看来，自己在这五六个同学里作文水平是最低的，被选中的希望一点也没有。尽管如此，晓明对何老师布置的征文任务十分重视。他想先看看《少年报》上有哪些热点问题，然后再决定写点什么。

回家以后，晓明拿出《少年报》使劲地翻，想从中找个自己熟悉的热点问题，但是找了两天，晓明也没有发现满意的热点问题。

这可怎么办呢？想来想去，晓明突发奇想，觉得奶奶讲的老家故事比较好，挺有新意的。

在家里，奶奶经常给晓明和弟弟讲解放前的家史，讲得最多的就是"爸爸参军"的故事。

奶奶说："咱们老家是游击区，白天是日本鬼子和汉奸的天下，晚上是八路军的天下。那时候，咱们家是单独住在村外的，距离村庄有几里地，八路军活动比较方便，来往的干部也挺多，经常来咱家吃饭、休息、开会，我还经常为他们放哨呢。"

"那时候，日本鬼子、汉奸和恶霸地主可厉害了，总是找碴欺负老百姓。你爸爸受不了他们的气，坚决要跟着学校的老师去当八路军。我一听可害怕了，那是掉脑袋的事，说什么也不同意。你爸爸走了两次，都被我给追回来了。可是，你爸爸不死心，最后还是自己悄悄追八路军去了。这一去就是三年，音讯全无。"

"你爸爸悄悄当八路军的事，村子里的地主汉奸不知道怎么闻到味了。那些地主汉奸可凶了，老带着日本鬼子进村，想抓谁就抓谁，想杀谁就杀谁。地主汉奸把你爷爷抓走了，问你爸爸跑到哪里去了。你爷爷说不知道，地主汉奸就打他。我赶紧到处求人、磕头，花了很多钱才把你爷爷救出来。你爷爷差一点被打死，在家里养了半年的伤才能下床走路，以后什么都不能干，落下了残疾。"

"解放后，那些曾经在咱们家落脚吃饭的干部没有忘记我们，总说咱们家是有功的。在三年困难时期，那些干部说，谁困难也不能让咱们家困难，还送粮食给咱们家呢。"

晓明觉得这个故事很有新意，于是按照奶奶讲的故事情节写了一篇文章。

第二天，晓明把这篇文章交给何老师，这个事慢慢地过去了。

有一天，何老师一走进教室就兴高采烈地对同学们说："今天宣布一个好消息！"

什么好消息？大家都赶紧竖起耳朵听。

何老师说："咱们班交上去几篇文章有一篇被选中了，晓明同学的文章被电视台选中，要上电视了！"

何老师刚一说完，全班"嗡"的一声开锅了，晓明的脑袋一下子就大了，觉得血往脑袋上涌，当时就懵了。

同学们都在议论什么是电视台，什么是电视。晓明好歹还在妈妈农场见过一次电视，而大多数同学都没见过电视，争论得可热烈了。

何老师说："大家安静一下，听我说一说。电视很像电影，差不多是一种小电影。电视台是制作电视节目的地方，制作好的节目一播出，全北京市的千百个电视都同时看见节目了。晓明写了一篇文章，是要到电视台去讲文章里的故事，北京的电视都可以看见了。"

以前，同学们都看《少年报》，王萍萍在文学杂志上登一篇文章就够新鲜的，这次又是电视，更新奇了！

而且电视与报纸不一样，像小电影，里面的人物是活动的，很多同学们都没有见过，觉得特别新奇。

物以稀为贵，越是看不见越想看看。那时候，很多同学家里连收音机都没有，更别说电视机了！

这一次，学校、老师和晓明都很重视了，吸取了上次参加《东方红》学跳舞的教训，还派了一位老师专门陪晓明一起去电视台参加这项活动。

晓明也吸取了上一次的教训，再也不怕什么会不会的。不会讲故事怕什么，只要有老师教就能学会的。要是上一次能明白这点道理，晓明肯定会参加《东方红》跳舞的！

晓明想到自己要去北京电视台，脑袋都大了，心里突突地跳个不停，整天都是迷迷糊糊的。

晓明第一次去电视台是陈老师陪同的。走进电视台的时候，晓明感到自己的腿都有点发软，怎么进去的都不知道。

晓明的心里七上八下，忐忑不安，一直在打鼓，电视台里面究竟是什么样呢？

晓明走进电视台一看，里面有一个挺大的摄影棚。摄影棚的最前面有一张大长桌。长桌子前面的两三米外有 10 多排椅子，老师和编导都坐在椅子上。而晓明和七八个学生依次坐在大桌子里侧，他们的身后还有一个高大的白色背景屏幕，前面还有几盏大灯，照得人有些刺眼。

有一位女编导老师讲话了，她告诉同学们这是一个中小学生的故事会，是从各个学校的文章里选择了一些符合主题要求的文章，然后就组织了这个故事会。这个故事会是现场直播，而不是录好了以后再播。

晓明每次去电视台的时候，那位编导老师都会坐在最前面的椅子上，十分耐心地进行指导，告诉每个同学该怎么做。同学们都没去过电视台，显得有些木讷，不知道该怎么做才好。

编导老师要求每位同学一定要把自己的故事内容背下来，要像讲故事那样自然而然地讲出来，而不要干巴巴地念稿子。

编导老师一会儿说这个同学应该这样，一会儿说那个同学应该那样做，总之是调过来，调过去的。其实，这是一个排演的过程。晓明大概去了五六次就比较熟悉了，不再像刚来的时候那么心虚了。

当时，上电视是一件很新奇的事。学校里有同学要上电视了，大家都要求看一看。经过学校联系，国子监的首都图书馆有个阅览室，阅览室里面有一台电视机。图书馆同意到时候让大家看节目。

终于，晓明上电视的那天到了。

下午四五点钟的时候，晓明按时去电视台了。这一次，陈老师有事，是吴老师陪晓明去的。而同学们都到首都图书馆阅览室去看现场直播。

晓明走的时候没跟弟弟说今天拍电视的事。可赵国平专门来到晓明家，把弟弟也叫去看直播了。

那一天，第一个节目是领导讲话，第二个节目是十几个小学生跳舞，第三个节目才是晓明参加的那个故事会。

经过前面的几次排练，到了直播的时候，晓明已经不紧张了。晓明觉得眼前增加了一个长杆似的东西，在眼前晃来晃去。其实，那就是摄像机的镜头。

这次直播的时候，晓明讲故事还是比较顺利、比较自然的，一点也没有慌张，与平时排练完全一样。但是，不知不觉地，他的后背还是出了不少汗。看来，谁上镜头都是要紧张的。

直播时间大约有几十分钟，显得很长，好不容易结束了！

晓明很高兴，心想终于可以回家了。晓明赶紧跑到台下来找吴老师。

吴老师高兴地说："晓明，你今天的故事讲得很好、很自然，一点也没有慌张，也挺有感情的。"

回家的路上，因为身上有汗，风一吹，晓明觉得后背凉凉的，到家的时候都晚上 9 点多钟了。奶奶早就等着晓明，特地为他准备了鸡蛋炒饭。晓明吃得可香了。

弟弟赶紧跑过来，高兴地说："哥哥，你今天在电视台上讲故事的时候，我也看见了，是赵国平让我去的，还有很多同学都去了，他们都说你讲得挺好的。"

"是吗？有什么不好的地方吗？我现眼了吗？"晓明继续问道。

"没有，没有，真的挺好，不信明天到学校问问你们班的同学就知道了。"

听了弟弟的话，晓明的一颗心才放到肚子里了。这些天，真把晓明折腾得够呛，终于可以踏踏实实地睡个好觉了。

第二天，晓明来到班里。他最关心同学们是不是看得清楚，心想，那张桌子蛮大的，与吴老师的距离挺远的，在那么远的距离拍电视，能看见什么呢？

晓明问同学们："你们看得清楚吗?"同学们都说,看得挺清楚的,在那个故事会上,每个同学讲故事的时候都给一个大大的特写镜头,电视里只有一个人在讲故事,特别清楚。

原来还有特写镜头呀,并不像晓明想象的那样,一个镜头从头拍到尾,大老远的看不见。这还是晓明第一次听说有特写镜头的事情。

同学们都对晓明怎么进的电视感兴趣,但是,对晓明讲的故事却没有一个人问。晓明想,也许自己的那个故事距离现在社会太远了,同学们都太小了,不了解是很自然的事。

同学们都问晓明,你怎么进到电视里面的? 究竟是怎么跑进去的? 当时都是怎么弄的? 有什么感觉? 大家都对这些问题感兴趣。

晓明说是个大灯泡给照进去的,是被一个长杆给照进去的,感觉浑身热乎乎的,眼前特别亮,什么也看不清,只要按照排演好样子去做就可以了。

有的同学还问,排演的感觉是什么?

晓明说,排演是事先练习,有编导老师教怎样做,大概与排演节目也差不多吧,刚开始紧紧张张。但是,有老师指导,多排练几次,熟悉了,就不紧张,自然了。

总的来讲,对于这次去电视台参加故事会,晓明的心里还是很高兴的,也觉得平衡多了。

上一次,因为没有参加《东方红》的跳舞,晓明觉得自己太对不起老师和学校的信任了,留下了很大的遗憾,内心非常不安,禁不住经常埋怨自己。

这一次,晓明觉得上电视的事完成了,老师、同学、学校都挺满意,这就够了。这样一来,一件事做错了,另一件事做好了,"一比一"，晓明的心里也平衡了。

晓明成为学校第一个上电视的小学生。这也是他这辈子唯一的一次上电视，也是小学期间挺有趣的、挺新奇的经历吧。

二十八、邢台地震，全国支援，
学校普及地震知识

1966 年 3 月的一天，晓明刚一走进教室就听见几个同学在议论什么事。

徐利杰跑到晓明身边，急匆匆地问道："晓明听说地震的事了吗？你感觉到地震了吗？"

晓明不解地答道："什么是地震？我睡着了，没有什么感觉，什么也不知道。"

"这么大的事你都不知道呀，咱们国家发生地震了！"徐利杰说道，"你等着吧，老师一定会讲的。"

果然，上课的时候，何老师一开始就说道："也许有的同学已经知道了，咱们国家的邢台地区发生地震了。但是，具体情况还不太清楚，要等待有关部门的消息。"

同学们立刻热烈地讨论起来了，什么是地震，地震有多大危害，怎么躲避地震，怎么预报地震，一个问题接一个问题，课堂里沸腾起来了。

何老师不停地挥手让大家停止了讨论，接着说："这些天，每个同学都要提高警惕，可能还会有余震发生。关于地震的事情现在不讨论了，咱们还是先上课。"

过了没几天，3月22日的凌晨，北京发生了强烈的震感。这一次，晓明感觉到了，房子和大地在不停地抖动，很多邻居都从屋里跑出来了。

后来，晓明才知道，邢台地区又发生了7.2级地震，震感的范围北到内蒙古多伦，东到烟台，南到南京，西到铜川等广大地区。所以，北京也有明显的震感。

何老师告诉同学们，根据有关部门的消息，这次邢台地震是新中国成立后发生在我国人口稠密地区、造成严重破坏和人员伤亡的第一次大地震。

邢台地震发生的时候，周恩来总理正在办公，北京有强烈的震感，周总理第一时间就得知了地震的消息。

在确认河北邢台发生地震之后，周总理首先打通了灾区的电话，询问受灾情况，随后便通知解放军立刻前往当地参加抗震救灾工作。

4月1日，周总理再次乘坐直升机前往灾区视察，直升机降落在宁晋县东旺镇外的一片空地。

周总理下飞机之后，首先慰问了当地日夜奋战的一线部队指战员，随后对到场欢迎的1万余名群众说道："我代表党中央、毛主席来看望大家了！抗震救灾，一靠自力更生，二靠国家支援。我们是新中国人民，也是社会主义农民，是有志气的，因此恢复当地生产全靠大家努力。现在麦子返青了，也该种地了，当地干部和群众要充分发挥带头作用，把生产活动搞上去，重建我们美好的家园。灾情越大，干劲也要越大。"

尽管邢台地震已经过去很多年了，但周总理心系人民、想人民之所想、急人民之所急的伟岸身影，却依然留在了全国人民的心中。

对于这次邢台地震，晓明感到很震惊，这么坚硬的大地怎么会震动呢？而且还会造成这么巨大的灾难。

上课的时候，何老师说："在科学不发达的时代，人们对地震发生的原因，常常借助于神灵的力量来解释，很多国家都有类似的传说。

在我国，民间普遍流传着这样一种传说，地底下住着一条大鳌鱼，时间长了，大鳌鱼就想翻一下身，只要大鳌鱼一翻身，大地便会颤动起来。

在古希腊的神话中，海神普舍顿是地震的神。古代日本人认为，日本岛下面住着大鲶鱼，一旦鲶鱼不高兴了，只要将尾巴一扫，日本就要发生一次地震。古印度人认为，地球是由站在大海龟背上的几头大象背负的，大象动一动就引起了地震。现在，随着科学的发展，人类对于地震的认识大大进步了，不会相信这些迷信的说法了。"

为了帮助同学们科学地认识地震，破除迷信，学校专门讲解地震知识，举办了关于地震的展览。

通过学习科学知识，同学们了解到，地震是一种自然现象，为什么会发生地震呢？地震是地球运动的结果。地球运动中，地壳也在不断运动变化。地球的运动变化逐渐积累巨大的能量，对地下岩石产生非常强的作用力，当岩石承受不了这种力时，就会突然发生破裂和错动。地震是指地壳中因岩体错动断裂而释放能量引起的地表振动。岩石破裂产生地震波，地震波传到地表，地面随之就振动起来，这就是地震。

地震发生时，会发生一些异常现象，主要有地下水异常、动植物异常和地声、地光等异常。所以，老百姓把动物称作观察地震前兆的

"活仪器"。

由于地震巨大的灾害性，容易使人们对地震产生恐慌心理。这时，有关地震的谣言就出现了，并很快地传播开来。地震谣言的危害性是非常大的，它不仅有可能打扰人们的学习、生产和生活，而且可能扰乱社会安定秩序。

地震谣言之所以有市场是因为：地震预报是个世界性的科学难题，目前还处于探索阶段。

学校重点讲解一旦遇到地震，在学校应当怎样避震的问题。

何老师在课堂上对同学们说，大家一定要做到以下几点：

1. 一切行动听从老师的指挥；

2. 同学之间要互相照顾，特别要照顾弱小的同学；

3. 在课桌下避震，有顺序地撤离，千万不要拥挤。

假设同学们正在教室里上课，突然发生地震了，该怎么办？

首先，蹲下或坐下，头部躲进课桌下或讲台旁，绝不要乱跑。尽量蜷曲身体，降低身体重心。抓住桌腿等牢固的物体。保护头颈、眼睛，掩住口鼻。

地震停止后，应当马上在老师指挥下有顺序地撤离，撤离时把书包顶在头上，前后同学要保持一定距离。

特别在教室门口、楼梯间等狭促地方，一定要放慢速度，发现有摔倒的同学要相互帮助，并及时通知后面的同学以免发生拥挤。

跑到室外后，一定要躲在尽量空旷开阔的地方，周围和头顶没有易掉落物的地方。如果我们在操场或室外时，可以原地不动蹲下，双手保护头部，注意避开高大建筑物或危险物。千万不要因忘拿东西再跑回教室去。

按照这些要求，何老师组织同学们做了几次演习，仔细检查每个同学是不是做对了。

回到家里以后，晓明专门走到鸡窝，观察家里的那几只鸡，心里想，地震发生的时候，动物会有异常表现，不知道咱家的鸡是不是也有异常表现呢？

奶奶看晓明站在鸡窝旁边发呆，就问："晓明，你看什么呢，咱家的鸡不认识呀？"

晓明回答："没看什么，我是想，咱家的鸡能不能预测地震。"

奶奶笑了，说："傻孩子，咱家的鸡早就被圈傻了，除了吃，什么也不知道了，哪里能预测什么地震呢。"

晓明不信，说："都是动物，为什么咱家的鸡就不能预测地震呢？"

奶奶说："能够预测地震的动物都是野生的，有灵性的，不是什么动物都对地震有感觉的。咱们家的鸡不是野生的，早就没有灵性了。"

晓明一想，也许奶奶说得有点道理，再也不盯着家里的那几只鸡看了。

这次邢台地震激发出同学们对地震的极大兴趣，很多同学都开动脑筋寻找测试地震的仪器。

有一次，晓明到赵国平家里去，看见赵国平正在摆弄一个电子线路板，就问道："同学们都在找测试地震的好法子，你这里有什么新鲜的思路吗？"

赵国平说："我听无线电班的老师说，利用电子技术的方法，能够提前一点知道地震的时间，可以进行地震预警。"

晓明第一次听说地震预警，感到很新鲜，追问道："地震预警和地震预报是一样的吗？"

赵国平说："老师说，地震预报是世界难题，是国家的大事，太复杂，目前还难以做到。但是，地震预警是可以做到的。"

无线电班的老师说："地震预警是指在地震发生后，利用地震波传播速度小于电波传播速度的特点，提前对地震波尚未到达的地方进行预警。"

"地震波的传播速度是每秒几公里，而电波的速度是每秒 30 万公里。因此，能够做到在破坏性地震波到达之前的时间发出预警。"

晓明问道："那你现在搞的这个东西就是地震预警吗？"

赵国平谦虚地笑了笑，说："我只不过跟着老师试一试，早着呢。我也是邢台地震以后才关注这个问题的。"

"多么新奇的想法！能提前一点就管大用了！"晓明禁不住对赵国平称赞了一番。

二十九、晓明首次登台唱歌，小学的最后一课

学校举办大合唱比赛

1966年的一次音乐课上，吴老师兴奋地宣布："同学们，咱们学校要在暑假前举办大合唱比赛了，每个班都要准备大合唱。这一次要求每个同学都要参加，重在参与，要体现集体主义精神。"

"咱们班唱什么呢？我想教两首歌曲，第一首是《我们要做雷锋式的好少年》，第二首是电影歌曲《珊瑚颂》。第一首大家都学过了，但是第二首有些难度，也是能学会的。大家看，怎么样？"

"好！"同学们都高兴地欢呼起来。

《红珊瑚》是解放海岛的电影，《珊瑚颂》是电影中的插曲。晓明对这首歌曲格外喜欢。

但是，晓明只会哼哼前两句，却唱不好这首歌。这次好了，有吴老师来教，就容易学会了。

《我们要做雷锋式的好少年》的歌词：

> 我们要做雷锋式的好少年
>
> 在这阳光灿烂的春天
>
> 高举鲜红的旗帜
>
> 立下伟大的革命志愿
>
> 热爱集体，毫不利己
>
> 专做好事，不怕困难
>
> 毛主席的教导永不忘
>
> 雷锋叔叔活在我们心间
>
> 他是我们的好榜样
>
> 鼓舞我们永远向前
>
> 永远向前
>
> 他是我们的好榜样
>
> 鼓舞我们永远向前
>
> 永远向前

《珊瑚颂》的歌词是：

> 一树红花照碧海
>
> 一团火焰出水来
>
> 珊瑚树红春常在
>
> 风波浪里把花儿开
>
> 哎
>
> 云来遮
>
> 雾来盖

云里雾里放光彩

风吹来，浪打来

风吹浪打花常开

哎

这一天，吴老师教一句，同学们跟着着唱一句。吴老师教得特别投入，特别有感情。她站在讲台上不停地打着拍子，显得格外精神。

说起来，《珊瑚颂》对同学们来说还是比较难的，拐弯的地方比较多，掌握起来的确不太容易。可是，同学们的积极性却很大，下决心一定要学会。

吴老师让音乐课代表王萍萍上台组织大家唱歌，自己走下讲台，来到同学们中间进行逐个纠正。

吴老师特意来到晓明跟前，仔细听晓明唱得怎么样，告诉晓明哪里唱得好，还需要改进什么地方。

以后，在每天下午的时间，王萍萍都要组织大家练习演唱《珊瑚颂》和《我们要做雷锋式的好少年》。

为了帮助大家更好地练习，王萍萍提出先按照音乐小组练习，让每个小组长对同学们逐个帮助，等到差不多了，再集中起来练习。

王萍萍的这个方法真不错，能够提高效率，还能发挥大家的积极性。

刚开始集中练歌的时候，大家唱得不整齐，也没有气势和感情，难以协调。这时候，吴老师就来指导，一直到比较整齐、比较有气势和感情的时候为止。

晓明感受到，日常唱歌和上台演出是大不相同的，要想组织好大合唱也很不容易呢。就说感情吧，什么是感情，怎样表达感情，这些都很有讲究。要是不演出，有没有感情、有没有气势，都关系不大，但是，上台演出就大不一样了，毕竟台下那么多人看着呢。

晓明想，这也许是学校组织唱歌比赛的原因，想让大家都上台体验体验演出的感觉吧。

怎么样把握感情和气势呢？吴老师告诉同学们："大家多回忆电影中的情节就可以了。《珊瑚颂》是解放海岛的时候，珊妹迎接解放军上岛时唱的，表现了受苦渔民盼望解放的迫切愿望。"

晓明发现，上台演出的排列队形也是很有讲究的。谁站在前面，谁站在后面，效果都不一样。女同学在前面，男同学在后面。高个的在中间，矮个的在两侧。唱歌好的是主角，要在突出的位置，一般的在配角的位置。为了这些，吴老师费了不少工夫，才把队伍排好。

吴老师反复提醒同学们，说："大家一定要注意细节，上台以后光想着唱歌是不够的，每个同学都要精神饱满，精力集中，抬头看着指挥，不要低头，更不要东张西望的。一个人在台上东张西望，在台下看得是很清楚的，就会把演出的整体效果破坏了。"

在排练的时候，同学们都按照吴老师的要求去做，集中看指挥，不低头，不东张西望，唱得十分认真，越来越好，不断进步。

经过反复演练，同学们逐步找到了感觉，既有感情，也有气势，慢慢把《珊瑚颂》的意境唱出味道来了。

能够参加这次演出活动，晓明感到十分欣慰。他十分珍惜这次演出活动，跟着同学们不断进步，感到自己的音乐水平提高了，信心也增强了。

终于，学校的唱歌比赛日子到了。

那一天，同学们都十分重视，按照吴老师的要求，穿着白上衣、蓝裤子，还戴上红领巾。晓明感觉，大家换上这身衣服，气势立刻大不一样，原来服装也是演出的重要因素。

唱歌比赛是在一座礼堂举行的，还是很隆重、很正规的。

唱歌比赛开始以后，每个班都轮流上台比赛，场面十分热烈，每个班都唱得很认真。

终于轮到晓明他们班上场了。

当晓明跟着同学们一起走上台的时候，感到自己的腿都有些发软。毕竟这是晓明第一次上台演出呢。

晓明站在队伍里向舞台的下面望去，第一次看见千百双眼睛望着自己的场景，不由得心里紧张起来了，有那么一种张不开嘴的感觉。幸亏有这么多同学陪着自己站在台上，要是自己一个人还真不敢上来唱歌呢。

王萍萍担任指挥，大大方方的。全体同学都集中精力看指挥，完全按照排练的要求去做，终于把《我们要做雷锋式的好少年》和《珊瑚颂》的意境都唱出来了，效果很不错，获得了一片掌声。

从舞台走下来以后，晓明的后背都被汗水湿透了，感到如释重负，轻松极了。

晓明不由得赞叹起来："真是看着容易做着难，这么多人，费了这么大的劲，才搞好了一次大合唱，搞好文艺演出多不容易呀！"第一次成功了，第二次就好办了。从此以后，晓明就有信心参加大合唱的演出了。

唱歌比赛结束的时候，在吴老师的指挥下，全校同学一起高唱《我们是共产主义接班人》，将唱歌比赛推向了高潮。

歌词是：

我们是共产主义接班人

继承革命先辈的光荣传统

爱祖国，爱人民

鲜艳的红领巾飘扬在前胸

不怕困难，不怕敌人

顽强学习，坚决斗争

向着胜利勇敢前进

向着胜利勇敢前进，前进

向着胜利勇敢前进

我们是共产主义接班人

最后的一节课

1966 年的暑假前夕。一天下午，晓明和同学们都在教室等着上课。天气闷热，树上的知了叫个不停，让人感到很烦躁。

同学们对于是否还继续上课议论纷纷。晓明的心里也烦躁不安，不知道该干什么才好。

这时，有一位女同学跑来了，走到教室门前招呼赵国平过去，对赵国平小声说道："刘素华家里有事，今天就不来了。"听到这个消息，教室发出"嗡"的一声，大队长刘素华不来了，这可是一件从未有过的新鲜事。

不一会儿，又有一位男同学跑来说了一句："徐利杰家里有事，让我替他请个假。"听了这个消息，教室里更乱了。

突然，齐中石跑来了，拉开教室门冲着晓明大声说道："今天下午不上课了，我们班的同学都回家了，你们怎么还不走呀？"

这还等什么呢？于是，晓明和同学们都开始收拾书包，打算回家了。

正当晓明和同学们拿起书包准备回家的时候，音乐课的吴老师来了。

吴老师平时都是穿朴素的衣服。但是，今天，吴老师却一反常态，没有穿淡雅颜色的衣服，而是穿着一件红色的衣服。

吴老师对同学们说："同学们，这次学校组织的唱歌比赛挺成功的，大家的表现都很好，进步还是很大的。通过这一次比赛，同学们可以体会到很多东西，感受到唱歌的魅力。"

然后，吴老师又提议说："今天，咱们再唱一次《珊瑚颂》，好不好？"

"好！"同学们都高兴地答道。

这一天，吴老师特别的投入，特别有感情。她站在讲台上不停地打着拍子，在一身红衣服的衬托下显得格外的精神，不停地在讲台前走来走去。

同学们都唱得十分认真，歌声与《珊瑚颂》的意境融为一体，越唱歌，大家的情绪越激昂，教室里的气氛热烈极了。

但是，晓明却感到，今天教室里的气氛很不寻常，似乎意味着什么，心里怦怦地乱跳。

在吴老师带领大家唱《珊瑚颂》的过程中，晓明隐隐地察觉到，吴老师的表情有些异常的激动，声音也有点哽咽。晓明觉得，吴老师似乎一边在极力克制自己的感情，一边在带领同学们唱歌似的。

唱歌结束以后，吴老师说："同学们，今天是这个学期的最后一节课，以后就放假了，不用到学校里来了。同学们，再见啦！"

说完，吴老师并没有像过去那样留下来热烈交流，而是转身走出教室了。

本来，晓明是想问问吴老师学校最近情况的，于是紧追了两步。可是，晓明刚一追出教室的门，就看见吴老师用一只手捂着脸，一溜小跑地走远了，追都追不上了！

晓明立刻明白了，吴老师是抑制不住自己的感情，怕同学们看见她哭了！所以，吴老师才赶紧一溜小跑地走了！

晓明止住脚步不敢再追了，只得回到教室，拿起书包，和同学们一起离开了学校。

晓明似乎感到有什么事情要发生了，可是又不知道是什么事。

啊，晓明知道了！也许吴老师要离开学校了！

今天，吴老师带领同学们唱《珊瑚颂》，是想再来看看同学们，是在表达对同学们的深厚情谊，是在用歌声与同学们告别呢。

吴老师带领同学们唱《珊瑚颂》，穿着红衣服是象征红珊瑚的，希望自己和同学们都能像红珊瑚那样"在风吹浪打中花常开"……

回家的路上，晓明的心里沉甸甸的，眼前不断地浮现出与吴老师在一起朝夕相处的那些时光……

当时，晓明以为，暑假过后还会回学校上六年级的。但是，晓明没有想到，这次暑假以后，自己小学的生活就结束了，再也回不去了。

这是晓明最后一次见到吴老师，也是晓明在小学的最后一节课。

多少年来，晓明都会回忆起与何老师、吴老师、陈老师在一起的那些日子，内心深处还感到隐隐作痛。

特别是在最后的一节课，晓明已经看出吴老师要离开了，但是，自己却连一句感谢的话都没有向吴老师说，成了终生的遗憾……

三十、小学最后一个暑假　晓明回老家见闻

从小学一年级起，晓明就听奶奶讲老家的故事，盼望有一天能回老家亲眼看看。在他的心里，老家是一个梦幻般的地方，那里有浩瀚神秘的大海、弯曲水道的芦苇荡，还有少年爸爸参军的故事。

在晓明的多次要求下，爸爸妈妈终于答应在五年级结束后让他跟着奶奶回老家过暑假。

1966 年的暑假到了，晓明真的要跟着奶奶回老家去了。这是他第一次离开北京，一切都那么神秘，那么令人期待。

回老家的路上

回老家的那一天，爸爸把奶奶、晓明和弟弟送到广安门火车站，帮着奶奶把包袱送到车厢里，安顿好座位，叮嘱晓明和弟弟一路上要听奶奶的话，带好东西不要丢了。一直到火车快要启动的时候，爸爸才下车，他站在车窗下向奶奶和晓明不停地挥手。晓明也把头伸到窗口，向爸爸挥手告别。

"呜！"火车一声长鸣，缓缓地启动了，爸爸的身影越来越远，终于看不见了。

火车越来越快，咯噔咯噔的声音有节奏地响着。晓明望着窗外，什么都想看看，看着什么都新鲜。

房屋、树木、工厂，不停地向火车的后方退去。不知道走了多久，突然火车的周围出现了一望无际的水面，水面中间还有很多白色的小山。

晓明赶紧问奶奶："奶奶，这是大海吗？"

奶奶回答道："这不是大海，是晒盐池，中间那些白色小山是盐堆。真正的大海可比这个大多了。"

"原来这是晒盐池，我们吃的盐是这样来的呀！"

奶奶说："是啊，晒盐这活是最累的，整天在太阳下晒着。这里离海边很近，火车快要到站了。"

大约晚上8点多钟，火车终于到达了老家的车站。奶奶带着晓明和弟弟走下火车，提着行李，在车站外面找了一家小饭馆，准备随便吃点东西。

吃点什么呢？奶奶说，咱们吃点面条就行了。于是，他们随便找了一张桌子坐下来，要了几碗面条。晓明早就饿了，狼吞虎咽地吃起来。

晓明发现，靠近窗户的桌子边坐着一位中年妇女，衣服朴素，既不说话，也不吃饭，而是远远地看着晓明他们的桌子，神情还有些奇怪。

不一会儿，奶奶和弟弟也吃完面条了。奶奶对晓明说："吃完了，咱们走吧。"

可是，晓明发现，桌子上还有一碗面条，说道："奶奶，还剩下一碗面条没吃呢。"

奶奶回答："我知道，咱们走吧。"

晓明拉着奶奶不让走，说："这不是浪费吗？老师说不能浪费粮食，粮食是宝中宝，汗滴禾下土，粒粒皆辛苦。"

奶奶不由分说，拉着晓明和弟弟走出了饭馆，低声告诉晓明："这不是浪费，那一碗面条是留给旁边桌那个妇女的。"

"啊，这是怎么回事？为什么要留给她？"晓明感到十分不解。

奶奶低声地解释说："你还太小，没有见过这些。你没看见靠近窗户的桌子边有个妇女吗？那个妇女是等饭的。所以，我把那碗面条留给她了。"

"原来是这么回事，还有等饭的人哪？"晓明喃喃地说道，赶紧回头看那个饭馆，想看看那位妇女是不是真的会把面条拿走了。

奶奶加快了脚步，对晓明说："别看了，看着让人难受。这个妇道人家一定是遇到什么难处了。不容易呀，可怜呀！"

晓明继续问道："奶奶，现在买粮食都要粮票，大家都紧张，怎么会有多余的粮食给别人呢？那个妇女要是等不到饭怎么办呢？"

奶奶回答："这里是农村，与城里不一样，没有粮票。你看，今天那个妇女不就遇见我了吗？我不是给了她一碗面条吗？人的一辈子难免会有难处，遇见有困难的人，总会有人同情帮一把的。世界上还是好人多呀。"

听了奶奶的话，晓明受到震撼，心里说不出是什么滋味，回到车站的候车室，还在琢磨这件事，心里还怦怦地乱跳呢。

奶奶说："今天，咱们在车站里凑合一晚，明天一早，你姑姑的儿子会来接咱们的。"

晓明随便找了一张长凳坐下了。

晓明开始观察这个候车室。这是一间很大的候车室，里面没有多少旅客，屋顶上挂着一盏特别明亮的大灯，远远望去，灯的下面好似有一团浓浓的烟雾，晃过来，晃过去。

奇怪！这是什么？灯下面怎么会有烟雾呢？晓明很好奇，走过去一看，立刻被吓了一大跳。这哪里是什么烟雾，原来是一大团飞舞的黑色小飞虫！所谓的"烟雾"是千百个黑色的小飞虫。而且，很多黑色小飞虫落在地面，也有黑压压的一大片呢！

这一下真把晓明吓坏了，赶紧回到长凳，再也不敢到处乱跑了，心说：这些黑色的小飞虫是不是会咬人呀？

不一会儿，一位服务员阿姨走进候车室。阿姨的手里拿着一个扫把，还提着一只垃圾箱。

晓明还以为阿姨是来扫地的呢，没有想到那位阿姨直接走到灯的下面，把地上的黑色小飞虫都扫进垃圾箱里去了。然后，阿姨提着满满一垃圾箱的黑色小飞虫走了。

一晚上，那位阿姨大约两个小时来一次，每次都会扫走满满一垃圾箱的黑色小飞虫。晓明不禁感叹道："我的天，怎么会有这么多的小飞虫啊！幸亏有阿姨扫小飞虫，要不然，用不了一晚上，候车室的地面会落满小飞虫的！"

还有令人没有想到的事呢！

这个候车室的后面是一个大鱼塘。也不知道这个鱼塘里究竟有多少只青蛙，千万只青蛙同时叫起来，声音特别大，真是蛙声如雷，哇哇的，一晚上都不停，吵得人根本睡不着觉。

奶奶说，这是因为要下大雨了，气压太低，所以青蛙的叫声才会这么大。

果不其然，不一会儿，大暴雨来了！好大的雨呀，真的是倾盆大雨，像要把世界淹没似的！这时，青蛙的叫声消失了，只剩下电闪雷鸣。

天快亮的时候，大雨刚停不久，姑姑的儿子强子哥赶来了。他用一辆拉板车把奶奶、晓明和弟弟接到姑姑的家去。

姑姑家是渤海湾边的一个渔村，一路上都是雨水，道路泥泞，颠颠簸簸，很不好走。到达姑姑家的时候，强子哥的全身都被泥水湿透了。

刚到姑姑家，晓明立刻提出了看大海的要求，说道："姑姑，我们想尽快看到大海，这次要是见不到大海，不知道要等到什么时候，那不是白来了吗？"

姑姑笑着回答："看大海，这还不好说吗？咱们这里就是有大海！先吃饭，吃完饭，再看大海也不迟。"

于是，晓明和弟弟着急忙慌地吃了几口饭，赶紧跟着强子哥去看大海了。

刚下过大雨，满天都是乌云。晓明和弟弟在强子哥的带领下深一脚浅一脚地向前走。突然，强子哥停住了脚步，告诉晓明"海边"到了。

这就是"海边"吗？晓明简直不能相信自己的眼睛，感到有些失望。他在照片上看到的是金黄色的沙滩和蓝色的大海，而眼前却是一大片黑乎乎的泥地，大海在哪里呢？

强子哥看出了晓明的疑惑，解释道："这里是滩涂，涨潮的时候，海水才会到达这里。现在是退潮的时间，海水已经退了。你看，大海在那边呢！"

晓明向强子哥手指的方向望去，在布满乌云的滩涂尽头，神秘的大海终于出现了！

晓明的心里激动起来，说道："强子哥，咱们不能等着涨潮，还是赶快到海边去吧，我一定要亲身体验在海水里的感觉是什么样的。"

于是，强子哥带着晓明走进了滩涂。这片滩涂很大，全都是泥，一走一滑，要走好远才能到海边呢。

一路上，晓明看到很多被潮水带来上来的小鱼、小虾和小螃蟹。让他感到最新奇的是一种能跳跃的鱼。它们在晓明的前面一跳一跳的，好像在说，你抓我呀，怎么不抓我呀？

强子哥介绍说："这是滩涂鱼。"

晓明想抓一只滩涂鱼玩，可是脚底打滑，身子摇晃，怎么也抓不住。还是强子哥有本事，随手就抓了一条，递给晓明玩。

晓明刚用手接过滩涂鱼，没有想到这东西浑身滑的像泥鳅，一甩尾巴从晓明的手里逃走了。

强子哥还要再抓一条让晓明玩。晓明一心想着去海边，催促道："算了，不抓了，咱们还是赶快走吧！"

终于，晓明和弟弟穿过滩涂来到了海边。他们找到一处平缓的地方下到海水里。海水好凉呀，白色的浪花轻轻地拍打着晓明的双脚，发出哗哗的声音。

看着一望无际的大海，晓明不由得感叹道："大海真壮观，真辽阔，比北京的什刹海大多了！"

在学校的时候，晓明早就听同学们说，海水是咸的。

这一次来到海边，晓明最迫切的愿望是尝尝海水究竟是什么味道。他弯下腰来，双手捧起凉凉的海水，刚喝进嘴里就哇的一声吐了出来，大声叫道："我的天啊！呛死我了，这是什么味啊？太咸了，又苦又涩！"

强子哥看着晓明，笑道："你们城里人都这样，到了海边先要尝尝海水的味道，真是自找苦吃！"

晓明和弟弟在海边尽情玩了大半天，捞海草，抓海星，衣服湿透也顾不上，到吃午饭的时候才回到姑姑家。

奶奶和晓明在姑姑家只待了一天。第二天，他们搭上了一辆去老家的牛车。

这辆老牛车走得可慢了，吱吱呀呀的，半天也走不了多少路。

奶奶倒是不着急，对晓明说："没事，中午以前到，赶上吃午饭就行，他们都知道咱们今天到家。"

晓明躺在牛车上向前望去，一条银白的路，弯弯曲曲，两边都是茂密的庄稼，还真是浪漫有趣呢。

晓明问奶奶："奶奶，为什么这条路是银白色的呢？"

"你下去看看，就知道了。"奶奶笑着不告诉晓明。

晓明下车往地上一看，哟，原来这是一条用蛤蜊皮铺成的路。

"奶奶，这是蛤蜊皮铺的路吧，哪里会有这么多的蛤蜊皮呀？"晓明感到十分惊奇。

"咱们这里靠着大海，就是海里的东西多！"奶奶笑道。

"不过，这条用蛤蜊皮铺成的路还是挺漂亮的。"晓明兴奋地说道。

可是，奶奶却不经意地说了一句："这条路漂亮倒是很漂亮，就是这条路下面死去的人太多了！"

听了奶奶的话，晓明不禁大吃一惊："什么？这是怎么回事呢？"

奶奶说："这条路，我走了一辈子了。从大清朝的时候，我就走在这条路上了。我今年快九十了，在这条路上，饿死的、病死的、打死的人，数都数不清。日本鬼子沿着这条路大扫荡，在两边的村子里，不知道杀死了多少人，都扔在这条路的两边，埋都不埋呀！"

说到这里，奶奶还忍不住撩起衣服擦了一把眼泪，继续说道："我觉得，要是把那些死去的人都摞起来，大概都有齐腰深了！"

听了奶奶的话，晓明望着这条蛤蜊皮铺成的银白色的路，什么话也说不出来，简直呆住了。真的没有想到，这条路竟然有这样悲惨的历史！

"不说了，不说了，那些都是过去的事了。晓明，快看那边，咱们的老家到了。"奶奶把话题转开了。

"是吗？"晓明赶紧顺着奶奶手指的方向看去，白色道路的右侧出现了一个深褐色的村庄，在绿色庄稼的映衬下，显得格外醒目。

终于，老牛车拉着奶奶、晓明和弟弟走进了这个生疏的村庄。

在老家的生活

一进村，很多人围过来跟奶奶打招呼。人们都说："奶奶好，多年没见了，您老回家来啦！来客人啦！"

奶奶挥着手，满脸笑容地回答着："你们好，5 年多没有回来了，你们好呀！"

奶奶特地把晓明和弟弟介绍给乡亲们："这是我北京的孙子，第一次回老家的！"

围上来的人很多，牛车走得也很慢，简直成夹道欢迎了。晓明和弟弟躲在奶奶的身后，不知道该说什么。

老牛车来到一条路口停住了。晓明一下子认出站在路口的大爷（晓明爸爸的哥哥），他正手搭凉棚向奶奶和晓明的方向看呢。前几年，大爷来过北京，晓明已经认识了。

大爷也看到奶奶和晓明了，赶紧跑过来，扶着奶奶下车，接过行李，把他们迎进一个院子里去了。

老家原来是这样呀！晓明仔细地观察起来，这是一个不大的院子，房屋的墙是泥砖的，屋顶上铺着厚厚的深褐色的草。

晓明走进北房，进门是堂屋，左右各有一个门，每家的门口都有一口大锅，好大的锅呀，比北京家里的锅大多了！

奶奶告诉晓明，这是农村做饭的地方，不用煤，而是用柴火。

晓明他们住在东边的大爷家。大爷家里分为内外两间。外屋的地面是土地，扫得很干净，北侧靠墙摆着一排大箱子。奶奶说，这些箱子是土地改革的时候分的，还有一个是樟木的，能防虫子，已经传了好几代，都是好东西呢。

大爷家的南侧是一条大通炕，大通炕上铺着凉席，凉席的上面摆着一张矮矮的桌子。这些摆设都具有当地农村的特色，也是晓明从来没有见过的。

大爷招呼奶奶、晓明和弟弟坐在炕上的桌子旁边吃饭，而其他人则在别的地方吃饭。看来，这是特殊照顾的意思了。

老家的饭菜与北京的很不一样，粗粮多一点，主食是棒子面和高粱米，蔬菜什么都有，而且很新鲜，鱼、螃蟹比较多。这些，晓明和弟弟都是能适应的。

晚上，晓明和弟弟与大家一起躺在大通铺上，人挨人地躺着睡觉，不像北京在木制的床上睡觉。刚开始的时候，晓明有些不习惯，总是有人打呼噜，后来也睡着了。

老家有什么好玩的地方吗？有啊，老家的一切都是北京见不到的，那才有意思嘛！

大爷的儿子柱子哥说要带晓明和弟弟到芦苇荡去划小船。

一大早，柱子哥赶来了，说道："晓明，今天咱们先到芦苇荡里转转，怎么样？"

"好嘞！"晓明十分高兴地回答。

晓明在电影《小兵张嘎》里见过芦苇荡，但是没有见过真的。小嘎子也是在白洋淀的芦苇荡里养伤的。晓明看电影的时候十分羡慕，早就盼望能够亲眼看看了。

柱子哥带着晓明和弟弟走到村边的一大片芦苇荡，芦苇荡里停着一只小船。这是柱子哥专门为晓明准备的。

柱子哥把晓明和弟弟扶到船上，一边扶还一边嘱咐："小心，别掉到水里。"

晓明心里好笑，我在北京的什刹海能游好几千米，掉到水里怕什么！可是，嘴里却什么也没说，只是笑笑说："没事，没事，我们都会游泳。"

"是吗？你们会游泳那太好了，那不怕掉到水里了！"柱子哥说道。

晓明和弟弟上船以后，柱子哥把小船推到芦苇荡里，然后自己才跳到船上。

柱子哥说："这种船是用杆子撑着走的。"说着，他还特地挥舞了一下手里的长杆子。

晓明想起来了，记得在颐和园坐大游船的时候，大游船周围也有几位叔叔用长长的杆子推着船前进，没想到回老家以后又见到了。

说着，柱子哥把长杆子伸到水里，使劲一撑，小船晃悠悠地前进了。

"这个划船的方法挺好玩，我也要试试！"晓明自告奋勇起来。

"可以，等到了水面宽的地方，你来试试。"柱子哥回答。

小船到了一个比较宽阔的水面，晓明真的接过长杆子试起来了。

晓明看柱子哥撑船挺容易的，十分熟练，小船在芦苇荡里左拐右拐，轻松自如，好不自在。但是，当晓明自己拿着杆子撑船的时候却不行，小船在原地打起转来，身体摇摇晃晃，重心不稳，几乎要摔到水里。

"不行，这只小船不听我的指挥，不听话！"晓明着急地喊起来。

柱子哥教给晓明一些技术要领，还鼓励说："晓明，你按照我说的方法练，没几次就会了。"

还真的是这样。晓明按照柱子哥教的要领练习起来。只要遇到水面宽阔的地方，他都要练习一会儿撑船。经过几天的练习，晓明也能撑船前进了。

不过，晓明的技术很不熟练，小船只能摇摇晃晃地在宽阔水面上前行，遇到弯曲狭窄的水道还得交给柱子哥。即使这样，柱子哥还夸晓明学得快呢。

晓明知道，柱子哥这么说是客气，是在鼓励自己。不管怎么说，晓明学会了用长杆子撑船的技术，也是一大成果呀，将来回到学校，见到同学们，也有自夸的资本了。

晓明和弟弟每天都会跟着柱子哥到处跑，看到什么都新鲜，看到什么都要试一试。比如，抓鱼，锄草，摘老玉米，喂猪，等等。这些农活是比较复杂的，柱子哥都干得十分熟练。

尽管柱子哥给晓明和弟弟讲解了技术要领。但是，他们都太小了，听不太懂，掌握不了那些技术，只是比划比划，玩一玩，总算见识了一番。如果同学们问起，晓明可以夸耀着说，这些农活都干过了！

一天早上，柱子哥突然跑来了，大声说道："晓明，快走，看杀猪去，咱们有猪肉吃了！"

"是吗？好！"晓明一听特别兴奋，拉着弟弟跟着柱子哥跑出去了。

在老家这个村庄，要杀猪，才有猪肉吃。但是，这个村不是每天都杀猪的，要好多天才能杀一次猪呢。

这时，晓明既兴奋，又害怕，还有些紧张，心想，杀猪是什么样呀，是不是挺吓人呢？像晓明这样的城市孩子，只吃过猪肉，什么时候见过杀猪呀！

在杀猪的地方，有一个用粗木头围成的大猪圈，里面有好几只大肥猪，都是黑的。那些猪可能也知道自己的末日到了，不停地撞木栏，嗷嗷地叫着。

晓明看着那些要被杀的大肥猪，不知道怎么的，心里产生了一种同情的感觉，不由得对柱子哥说："柱子哥，你说，这些大肥猪是不是太倒霉了，马上要被杀了，它们是不是不愿意呀？"

柱子哥笑着回答："你可真傻，猪这个东西是被杀吃肉的，难道还要养它一辈子吗？"

正说着，来了几个身高力大的叔叔。看那样子，他们是来杀猪的。

只见一个高个的叔叔，手里拿着一只长长的铁钩子，朝猪圈走过去了。

当高个叔叔拿着长铁钩走进猪圈的那一刻，所有的猪都吓坏了，到处乱窜，嗷嗷地叫个不停。

高个叔叔拿着长铁钩一下子钩住了一头大黑猪的脖子。大黑猪立刻发出了凄惨的嚎叫，声音那个大呀。高个叔叔用力拖大黑猪，要把大黑猪拖出猪圈。大黑猪不干哪，拼命地挣扎，说什么也不肯走出猪圈。

高个叔叔在前面使劲地拉，大黑猪在后面拼命地往后退，最后，大黑猪挣脱不过，还是被拖出猪圈了。

一会儿，杀猪的过程结束了。

这时，晓明不想再看下去了，对柱子哥说道："行了，行了，看杀一头猪就可以了，咱们回家吧。"

说完，晓明拉着弟弟和柱子哥回家了。

晓明觉得，杀猪是一件让人很不舒服的事情。

一次偶然的机会，晓明发现，大爷家里有一辆旧自行车。这可是个好机会。在北京的时候，晓明也想学骑自行车，可是自己家里没有，只能看着别人骑自行车，可眼馋了。

于是，晓明跟大爷说想学骑自行车。大爷嘱咐晓明一定要注意安全，要在人少的地方练习。

什么地方练自行车比较安全呢？大爷说，中午的时候公路上的人很少，农村也没有什么汽车。晓明想，中午的时候大家都在休息，骑自行车还是很安全的。

晓明的个子小，无法坐到自行车的座位上，只能学"掏裆"。晓明练习了几天的"掏裆"，终于可以骑着自行车跑好远的路了。

真没有想到，晓明在北京没有学会骑自行车，在老家却学会了。这可是个意外的收获。

在一个风雨交加的晚上，晓明觉得自己浑身上下都很难受，没有精神，只想躺着休息。

奶奶过来摸了摸晓明的头，问道："晓明，你怎么了，哪儿难受，是不是发烧了？"

说着，奶奶赶紧拿了一支体温计给晓明测体温。这一测还真的是发烧了，有38度多。

当时已是晚上10点多，天很黑，下着大雨。这可怎么办呢？奶奶赶紧让柱子哥去找大爷。大爷过来看了看晓明，说："我马上到医务室去找大夫！"

说完，大爷披上雨衣消失在漆黑夜色的大雨中。不一会儿，大爷领着大夫回来了。他们的身上披着雨衣，脚上穿着长长的雨鞋，蹚水的声音特别大，哗哗地直响。

大夫脱去雨衣，赶紧走到晓明身边。晓明一看，原来是一位30多岁的中年男人，高高的身材，没有穿白大褂，衣服朴素，身上背着一只卫生箱。

"啊，这就是农村医生哪，来得还真快！"晓明的心里琢磨着。

这位大夫拿出听诊器给晓明听了听胸部和背部，号了号脉，看了看嗓子，然后才安慰说："你们不必担心，这个小孩的问题不大，嗓子没有发炎，这是一般的感冒和水土不服，打一针，吃点药，就没事了。"

说完，大夫给晓明打了一针，留下几片药后走了。第二天早上，晓明的烧退了，感觉舒服多了，继续吃了几片药，第三天已经好得差不多了。

晓明高兴地对奶奶说："咱们老家这里看病还挺方便的，夜里医生都能上门看病，真不错。"

奶奶说："这几年，咱们村搞了合作医疗，好多了。老百姓有点常见病，在村子里也能解决，花钱不多，有了大病再到县城的大医院，老百姓已经很知足了。"

不知不觉，晓明回北京的日子到了。

天刚蒙蒙亮，老家的村庄还未醒来，奶奶、晓明和弟弟收拾好行李动身了。这一次，大爷专门从生产队借了一辆大马车送奶奶和晓明回北京。

大马车的感觉就是跟老牛车不一样！两头大红马威风凛凛，昂着头，稳稳当当，呱嗒呱嗒，跑起来一阵风。

刚一出村口，奶奶特地叫停了大马车，指着远方的一条路，说道："晓明，你爸爸是走那条路当八路军的。他受不了日本鬼子、汉奸、恶霸地主的欺负，腊月寒冬，穿着一件破棉袄，离家出走，一走三年，音讯全无，我还以为这辈子再也见不到他了呢！"

晓明从小听奶奶讲"爸爸参军"的典故，自己还去电视台讲过这个故事。但是，当他亲眼看到这条路的时候，心灵还是深受震撼，毕竟身临其境与听故事的感受是截然不同的。

晓明站在大马车上，顺着奶奶手指的方向看去，看到了一条通向远方的弯曲土路，土路的两侧是绿油油的庄稼。他又转身向老家的村庄看去，一层轻轻的晨雾覆盖在村庄的上空。

顿时，晓明萌发出一种穿越时空的奇妙感觉，仿佛看到 15 岁的爸爸从村庄出来，走上那条投奔八路军的道路，若隐若现，最终，他的身影消失在雾气沼沼的远方。

晓明禁不住感叹道："爸爸真不简单！那么小的年龄就冒着生命危险去当八路军，八路军中像爸爸这样的穷苦百姓还不知道有多少呢！"

大马车继续前行，老家的村庄越来越远，直到消失在视野里，晓明才转过身来。

大爷把奶奶、晓明和弟弟送到火车站，又把他们送上车厢，安顿座位，放好行李，一直到火车快要启动的时候才下车。

通过列车的窗户，晓明看见大爷站在车窗的下面，不停地挥手，叮嘱着要注意安全，还笑着说道："晓明，什么时候再来呀，老家欢迎你！"

听了大爷的话，晓明的心里暖烘烘的，眼睛里充满了热泪，立刻说道："大爷，我一定会再回老家的，再见了！"

当时，晓明并不知道这是自己小学的最后一个暑假，还以为将来会回老家呢。没有想到，几十年过去了，由于各种原因，他再也没有回到这个少年时代"梦幻般"的地方。但是，这次回老家的经历却深深地留在他的心里，一生都没有忘记。

后 记

　　《难忘的少年时代》的出版，使我想起 50 多年前母亲两次到部队看望我的往事。

　　1970 年秋，我在山东青州大马山参加国防施工。这是我一生中特别难忘、最为艰苦的时期。夏天在工地上挥汗如雨，全身被汗水湿透；冬天寒风凛冽，汗水在头发后面结成一条一条的冰凌，刷刷作响；从山上往山下背大石头，一背就是一整天。艰苦的劳动让我把时间都忘记了。

　　那是一个深秋的晚上，天刚下过大雨，大马山的营房里满地都是雨水，我吃过晚饭正在宿舍里休息。

　　突然，执勤战士跑来叫我："赶快去吧，你妈妈来看你了！"

　　我跟着执勤战士跑到一间营房，果然看见母亲就坐在一张床上。她微笑地告诉我，这次是出差途经青州，正好路过大马山来看我的。

　　当天晚上，连队领导专门来看望母亲，向母亲介绍了我的工作和生活的情况，让母亲放心，并安排她在营房里休息。

　　晚上，母亲告诉我家里的情况，询问我在部队工作和生活的情况。我对她说自己这里一切都好，请家里放心。睡觉前，母亲对我说，她的工作很忙，只能住一个晚上，明早还要赶火车呢。

第二天早上，我送母亲去青州火车站。部队营房在大马山的半山腰，要走很远的山路才能到达平原上的公路，然后再顺着平坦的公路走到青州火车站，大约需要3个小时。

这一路上，我才发现，母亲竟然是提着两只很重的旅行包，冒着大雨，爬了很高很远的山路来看我的！

于山东青州拍摄

1972年夏，我随着部队从大马山回到青岛小鱼山后，写完了《难忘的少年时代》手稿，并把这件事告诉了家里。

一天，我正在阵地上训练，执勤战士突然跑来叫我："赶快去吧，你妈妈又来看你了！"

我简直不相信自己的耳朵，赶紧跑回营房，果真看见母亲就坐在营房里。母亲的到来，既让我惊异，又让我感动。

母亲在青岛小鱼山住的那几天，连队领导来看望了母亲。后来，我陪母亲去了鲁迅公园，还在那里照相留念。

当时，父亲和母亲都希望慎重地处理这件事。我也同意他们的意见，就把这部手稿的事情放下了。没想到，这部手稿一下子就搁置了50多年。

2022年，在《难忘的少年时代》出版之际，我要感谢父亲和母亲对这部书的关心和贡献。

在这部书中，"尊重劳动"是贯穿全书的主线。从每一位普通的工人、农民、教师、售票员、警察、干部、战士到国家的领导人，尽管他们的工作和社会地位是不同的，但是都有一个共同的身份——劳动者。一个人的能力有大小，只要对社会做出贡献，都应该得到社会的尊重。

关于"尊重劳动"的问题是比较复杂的，我在《社会相对运动初探》一书中进行了比较详细的讨论，感兴趣的读者可以参考这本书。

2022年5月中旬的一天，我在浏览《今日头条》的时候看到了

《全国书稿大赛》信息。于是，我就试着与主办单位（国研在线（北京）文化传媒有限公司）取得了联系，立即就得到了主办单位的积极回应。

范晓辉女士主动热情地与我联系，介绍了举办这次《全国书稿大赛》的有关情况。我也说明了自己在多年前有一个被长期搁置书稿的情况。

在范晓辉女士的热情鼓励下，我参与了这次活动，出版了这部作品。如果我没有参加这次《全国书稿大赛》的活动，也许《难忘的少年时代》还不会面世。

在此，我对国研在线（北京）文化传媒有限公司和范晓辉女士表示真挚的感谢！

李立宪

2023 年 2 月 9 日星期二